Bianca

EL PRECIO DE UN DESEO

Miranda Lee

Editado por Harlequin Ibérica.
Una división de HarperCollins Ibérica, S.A.
Núñez de Balboa, 56
28001 Madrid

© 2012 Miranda Lee
© 2018 Harlequin Ibérica, una división de HarperCollins Ibérica, S.A.
El precio de un deseo, n.º 2665 - 28.11.18
Título original: Contract with Consequences
Publicada originalmente por Harlequin Enterprises, Ltd.
Este título fue publicado originalmente en español en 2012

I.S.B.N.: 978-84-9188-989-2
Depósito legal: M-29192-2018
Impresión en CPI (Barcelona)
Fecha impresion para Argentina: 27.5.19
Distribuidor exclusivo para España: LOGISTA
Distribuidor para México: Distibuidora Intermex, S.A. de C.V.
Distribuidores para Argentina: Interior, DGP, S.A. Alvarado 2118.
Cap. Fed./Buenos Aires y Gran Buenos Aires, VACCARO HNOS.

Capítulo 1

NO CREES que deberías vestirte?

Scarlet levantó la vista del periódico que llevaba más de una hora fingiendo leer. No tenía ganas de hablar, sobre todo porque la conversación siempre volvía al mismo tema; la decisión tan radical que había tomado ese año. Al principio su madre la había apoyado con la idea de tener un hijo por inseminación artificial, pero parecía estar cambiando de opinión. Y lo último que necesitaba Scarlet era que la desanimaran... Era cierto que el proceso no había funcionado las dos primeras veces, pero eso era normal, según le habían dicho en la clínica. Solo tenía que seguir intentándolo y más tarde o más temprano saldría bien. No tenía ningún problema físico, así que no había ningún impedimento que le imposibilitara quedarse embarazada.

–¿Qué hora es?

–Casi las doce de la mañana –le dijo su madre–. Deberíamos estar en casa de los Mitchell a la una menos cuarto. Sé que Carolyn va a servir la comida a eso de la una y media.

Carolyn y Martin Mitchell llevaban más de treinta años siendo sus vecinos y eran buenos amigos. Tenían dos hijos, John, de la misma edad que Scarlet, y una chica, Melissa, cuatro años más pequeña. A lo largo de los años, Scarlet había llegado a conocer muy bien a la familia, aunque algunos miembros de la misma le caían mejor que otros. El señor Mitchell se había retirado recientemente y ese día cumplía cuarenta años de casado con su esposa... Una de esas parejas que ya no se veían...

El corazón de Janet King se encogió al oír suspirar a su hija. Se había llevado una desilusión tan grande esa semana cuando le había venido el periodo... No era de extrañar que no tuviera ganas de ir a una fiesta.

–No tienes que ir si no quieres –le dijo con suavidad–. Puedo darles cualquier excusa. Les digo que no te sientes bien.

–No, no, mamá –dijo Scarlet con firmeza. Se puso en pie–. Estoy bien. Quiero ir. Me vendrá bien –se fue a su habitación, intentando convencerse de que sí le vendría bien.

Podría tomarse unas cuantas copas de vino... teniendo en cuenta que no estaba embarazada... Además, así no tendría que pasarse el resto del día defendiendo la decisión de tener un hijo sola, sobre todo porque nadie, aparte de su madre, sabía de su pequeño «proyecto bebé». Y estaba tan cansada de oírla decir lo difícil que era criar a un hijo sola...

No podía negar que tenía razón. Su padre había muerto en un accidente de coche cuando tenía tan solo nueve años de edad, y nadie sabía mejor que ella lo difíciles que habían sido las cosas para su madre en todos los sentidos. Sin duda criar a un hijo sin la ayuda y el apoyo de un padre iba a ser complicado, pero tenía tantas ganas de tener un bebé... Siempre lo había deseado y solía soñar con conocer a un hombre maravilloso, un hombre tan cariñoso como su padre, alguien con quien pudiera casarse y formar una familia.

Siempre había creído que solo era cuestión de tiempo encontrar a esa persona tan especial, y querría haberse casado pronto para poder de disfrutar de sus hijos durante más tiempo... Jamás hubiera imaginado llegar a la edad de treinta y cuatro años sin ver cumplido su sueño. Era una romántica empedernida... No lo podía evitar. Pero su Príncipe Azul seguía sin aparecer. Así le había salido la vida.

Algunas veces casi ni se lo podía creer.

Sacudiendo la cabeza, se quitó la bata de estar en casa y miró el vestido que había escogido para la ocasión. Lo había extendido sobre la cama esa mañana. Era un vestido tipo túnica color morado, de lana, con un polo de seda negro debajo, medias negras y botas negras hasta el tobillo. No le llevó mucho arreglarse. Ya se había duchado antes y se había secado el pelo... Fue hacia el cuarto de baño para peinarse y maquillarse. Nada más terminar, se miró en el espejo y frunció el ceño. ¿Por qué le habían salido tan mal las cosas? No era que fuera fea. En realidad era una chica bastante atractiva; una cara bonita, una nariz respingona, labios carnosos, pelo rubio, buena figura... Tenía los pechos más bien pequeños, pero la ropa solía sentarle bien, al ser alta y esbelta... Además, siempre había tenido una personalidad animada y extrovertida. Caía bien. Les gustaba a los hombres...

A pesar de eso, no obstante, había tenido muchos problemas para encontrar un novio estable a lo largo de los años. Retrospectivamente, podía ver que su profesión tampoco había ayudado mucho, pero eso no se le había ocurrido antes. Como no quería irse lejos de casa, ni de Central Coast, había entrado como aprendiz en un salón de belleza en el que su madre había trabajado, una decisión que había desconcertado a mucha gente. Después de todo, había sacado muy buenas notas en los exámenes y habría podido ir a la universidad si hubiera querido.

Pero hacerse periodista o abogado no era lo que ella quería en la vida. Tenía otras prioridades que no incluían años de estudio, trepando por la pirámide profesional hasta conseguir aquello que otros llamaban éxito. Además, le gustaba tener un trabajo interesante del que podía disfrutar.

A pesar de todas las advertencias de sus profesores, siempre le había encantado ser peluquera, disfrutaba de la amistad que surgía con sus compañeras, las clientas... Le encantaba esa sensación de felicidad que llegaba al terminar de dar un tinte o de hacer un corte de pelo original. No había tardado mucho en labrarse una buena reputación como estilista y cuando tenía veinticinco años de edad, su madre y ella habían abierto su propio salón de belleza en un pequeño centro comercial cerca de Erina Fair. Hubieran querido tener el local en Erina Fair, la zona comercial de Central Coast, pero los alquileres eran demasiado altos. Sin embargo, gracias a esa clientela fiel, el negocio había resultado todo un éxito de todos modos.

Pero todo tenía sus desventajas... Y tener un salón de belleza con una clientela primordialmente femenina no la ayudaba mucho a conocer miembros del sexo opuesto. Además, ser hija única también la condicionaba bastante. A lo mejor si hubiera tenido un hermano mayor...

Intentaba conocer a hombres de otras formas, no obstante. Tenía un grupo de amigas a las que conocía desde el colegio y con ellas solía ir a fiestas, discotecas, pubs... pero por alguna razón, siempre se le acercaban esos guaperas que solo estaban interesados en una cosa... No se había dado cuenta de ello, no obstante, hasta después de quemarse unas cuantas veces.

Una a una, sus amigas habían ido encontrado a chicos guapos y agradables con los que se iban a casar. Solían conocerlos a través del trabajo, o de la familia... Había hecho de dama de honor tantas veces que ya empezaba a aborrecer las bodas, por no hablar de la fiesta de después, cuando sus amigas recién casadas intentaban emparejarla con algún borracho que solo buscaba acostarse con alguna de ellas.

Cuando su última amiga soltera encontró pareja a través de un portal de citas de Internet, Scarlet decidió intentarlo por esa vía también, pero la cosa resultó un desastre absoluto. Por alguna razón, seguía atrayendo a los tipos inadecuados, esos que solo buscaban lo que buscaban.

Ella nunca había sido de las que querían tener sexo por tenerlo. Cuando era más joven, sí que lo había hecho, algunas veces, pero la experiencia nunca le había resultado muy placentera, y así, a la edad de veintiún años había decidido reservarse para un hombre que realmente le gustara. Desafortunadamente, no obstante, algunos de esos guaperas con la cabeza hueca con los que había ligado sí que le habían gustado mucho, pero en la cama las campanas no habían sonado... Después de tantos encuentros fallidos solo podía sacar una conclusión: o bien necesitaba estar realmente enamorada para disfrutar del sexo, o llevaba toda la vida siendo una frígida.

Al cumplir treinta años, empezó a sentir cierta desesperación por enamorarse y ser correspondida, y entonces decidió dar un giro a su vida. Empezó a ir a la universidad por las tardes, se sacó la licencia de agente inmobiliario y consiguió un trabajo en una de las agencias más grandes y prestigiosas de Central Coast.

En aquel momento, parecía una buena decisión. De repente se había visto rodeada de hombres jóvenes que la veían con muy buenos ojos; la última novedad. Tenía

admiradores por todos sitios, pero uno de ellos desta-
caba entre los demás. Jason trabajaba para una inmobi-
liaria rival y era un chico del pueblo, como ella. Era un
tipo encantador y muy guapo que provenía de una familia de la zona, y no había tratado de llevársela a la
cama en la primera cita. Cuando finalmente se habían
acostado, el sexo no había estado nada mal y Scarlet había creído que por fin estaba enamorada, un sentimiento
que había creído mutuo...

Jason le propuso matrimonio en su treinta y dos
cumpleaños, pero entonces llegó el desastre... Había pasado un año y medio desde aquella fiesta de Navidad
del barrio. Jason le había dicho que no podía acompañarla porque tenía una cena de trabajo en el hotel Terrigal a la que no podía faltar. Ella le estaba enseñando el
anillo de compromiso a todo el mundo, pasándoselo
bien... Y entonces John Mitchell se la había llevado a
un rincón... Ese año la fiesta era en casa de los Mitchell... Y le había contado algo horrible.

Al principio su primera reacción había sido negarlo
rotundamente. No podía ser cierto. Su prometido no era
gay. No podía serlo... Pero al oír la dulzura en la voz de
John, y la compasión que había en su mirada, se había
dado cuenta de que le estaba diciendo la verdad, sobre
todo porque John Mitchell no solía tratarla así. Terriblemente afectada, se había ido de la fiesta al momento
y le había enviado un mensaje urgente a Jason.

Habían quedado en verse en el parque que estaba enfrente del hotel Terrigal, y allí mismo le había dicho lo
que John le había contado. Él se lo había negado todo,
pero ella no estaba dispuesta a dejarse engañar más, así
que le había presionado hasta hacerle confesar. Él le había rogado que no le dijera nada a nadie y así, sin más,
se había roto el compromiso...

La Navidad de ese año no fue precisamente un tiempo feliz, ni tampoco el día de Año Nuevo. Destrozada, Scarlet dejó su trabajo, pues no soportaba seguir viendo a Jason, y regresó a su puesto en la peluquería. De eso ya hacía más de un año, pero su estado de ánimo no había mejorado mucho. Nunca le había contado a nadie la verdad sobre Jason, ni siquiera a su madre. A ella solo le había dicho que se había enterado de que la engañaba.

Sus amigas se portaron muy bien con ella y la animaron a seguir saliendo con chicos, pero ella no estaba de humor para ponerse en el mercado de nuevo. Se sentía como una tonta, un completo fracaso...Por suerte, no obstante, John Mitchell no había vuelto a casa en las últimas Navidades. No quería verle de nuevo, y sentir su mirada de pena...

«Ya te lo dije...», casi podía oírle diciendo las palabras.

Al parecer, se había roto una pierna escalando una montaña en América del Sur y no podía viajar, así que tampoco estaría en la fiesta de ese día. Un gran alivio... Tenía pensado asistir, pero su vuelo, proveniente de Río de Janeiro, había sufrido un retraso a causa de una nube de ceniza volcánica. Los elementos se habían puesto de su parte, por una vez.

En el fondo era una estupidez sentir vergüenza delante de John Mitchell, pero no podía evitarlo. Además, no era un tipo fácil de tratar. Era bastante guapo, pero sus habilidades sociales dejaban mucho que desear. Tenía un cerebro privilegiado, no obstante. Ella lo sabía muy bien... Habían ido a las mismas clases en el colegio, desde párvulos hasta los exámenes finales... Pero ser vecinos y compañeros de clase no había forjado una amistad entre ellos. John nunca jugaba con los otros chicos del vecindario, aunque ella se lo pidiera... A él solo le importaba estudiar e ir a hacer surf; la playa estaba relativamente cerca.

Scarlet todavía recordaba lo mal que le había sentado que su madre le pidiera que estuviera pendiente de ella en el autobús del colegio, cuando los ataques de gamberros estaban a la orden del día. Había cuidado de ella; eso no podía negarlo. Incluso había llegado a pelearse con un chico que la había insultado y eso le había costado un día de expulsión, por no hablar de la nariz rota... Después de aquello, parecía haberla odiado más aún, no obstante...

No le había dicho nada directamente, pero al darle las gracias, él le había puesto una cara horrible. Scarlet recordaba también haberle pedido ayuda con un problema de matemáticas cuando estaban en el instituto. Él le había dicho que dejara de ser tan vaga y que lo resolviera ella misma. Evidentemente ella se había defendido y le había gritado que era el chico más idiota y egoísta que había conocido en toda su vida, y que nunca volvería a pedirle ayuda, aunque le fuera la vida en ello; una declaración de lo más dramática, pero en aquel momento lo decía de verdad.

Al terminar el instituto, se había ido a la universidad de Sídney a estudiar Geología, y después de eso le había visto más bien poco. Se había ido al extranjero a trabajar al acabar la carrera y solo aparecía por la casa de sus padres en Navidades, para quedarse una semana o dos solamente. Y cuando estaba en la casa, pasaba casi todo el tiempo solo, haciendo surf. Por lo menos, no obstante, sí que se dignaba a aparecer en la fiesta de Navidad del vecindario, que celebraban todos los años, y ahí sí que se encontraban siempre. John era bastante desagradable y hosco con ella, y las conversaciones que mantenían apenas eran comunicativas o afectuosas. Lo poco que sabía de su vida lo sabía a través de su madre, que estaba en el mismo grupo de costura que la suya. Según Carolyn Mitchell, su hijo había ganado mucho dinero con el petróleo que había encontrado en Argentina, y el gas natural que había hallado en otro país de América del Sur. También se había comprado una casa en Río, así que era poco probable que volviera a Australia a vivir.

Además, tampoco parecía que fuera a casarse pronto. Scarlet no tenía duda de eso. Los solitarios como John no pasaban por el altar.

Sin embargo, Scarlet estaba segura de que había una mujer... o varias, en su vida. Los tipos guapos con mucho dinero no pasaban sin el sexo, aunque fueran unos bastardos antisociales con tanto encanto personal como serpientes de cascabel.

Scarlet frunció el ceño. No era propio de ella pensar y criticar de esa forma, pero John Mitchell sacaba lo peor de ella. Además, no soportaba verle tan autosuficiente, sin necesitar a nadie, tan soberbio y comedido. No podía imaginarse a John Mitchell con el corazón roto. Debía de ser un trozo de piedra igual que esas preciadas rocas que estudiaba.

—Será mejor que nos vayamos, Scarlet —le dijo su madre desde el cuarto de baño—. Son las doce y veinticinco.

Después de ahuyentar todos esos pensamientos perniciosos, Scarlet volvió rápidamente a su dormitorio. Se puso unos pendientes de plata y circonitas y regresó al salón, donde la esperaba su madre. Ya se había vestido antes. Se había puesto un traje color crema con una blusa en un tono caramelo debajo.

—¿Sabes, mamá? —dijo, mirando a su madre de arriba abajo—. No parece que tengas más de cincuenta años

–añadió. Su madre había cumplido sesenta y dos en su último cumpleaños.

–Gracias, cariño. Y yo te echaría unos veinte.

–Eso es porque tengo unos buenos genes.

–Cierto –dijo Janet. Sin embargo, hubo algo que sí se le pasó por la cabeza en ese momento. A lo mejor su hija había heredado otro gen que no era precisamente deseable. Ella misma había tenido muchos problemas para quedarse embarazada, y por eso había tenido solo una hija–. Vamos –le dijo. No era el momento para sacar el tema.

La señora tomó el regalo que había dejado encima de la encimera de la cocina. Dentro había una jarra de agua fina con vasos a juego en color rojo. Lo había encontrado en una tienda de antigüedades y estaba segura de que a Carolyn le encantaría. A Martin no le gustaría tanto, no obstante. Era de esos hombres que rara vez mostraban entusiasmo por algo. Lo único que realmente le gustaba era estar con su nieto. El pequeño de Melissa, Oliver, era el niño de sus ojos.

–No llevo chaqueta, ¿verdad?

–No te hace falta –dijo Scarlet–. Y creo que yo tampoco llevo el bolso. Dame. Te sujeto el regalo mientras cierras.

Salieron por la puerta principal. Scarlet se alegró al ver que el cielo se había despejado. El sol de junio ya empezaba a calentar el aire. El invierno acababa de llegar, pero ya estaba siendo uno de los más fríos de la década. Y uno de los más húmedos. Afortunadamente, no había llovido ese día, lo cual significaba que no tendrían que quedarse dentro de casa para la fiesta. A juzgar por el número de coches aparcados delante de la casa, la reunión estaría muy concurrida.

Para Scarlet, no obstante, no había nada peor que un

montón de gente, abarrotando dos salones. La casa de los Mitchell, de dos plantas, era muy espaciosa, con salones abiertos... Pero aun así...

–Ha tenido mucha suerte con el tiempo –le dijo a su madre mientras cruzaban la calle.

–Ya lo creo.

Su madre iba a decir algo, pero en ese momento llegaron a la puerta de los Mitchell y alguien abrió de golpe. Carolyn salió a toda prisa. Parecía muy sofocada, pero feliz.

–No os vais a creer lo que ha pasado –dijo con emoción–. Acabo de recibir una llamada de John. Al final el avión sí que pudo despegar anoche. Salieron con mucho retraso, pero gracias al viento favorable, llegaron a buena hora y aterrizaron en Mascot hace un par de horas. Me llamó hace un rato, pero yo tenía la línea ocupada, así que se subió al primer tren. Bueno, llega a la estación de Gosford en unos veinte minutos. El tren acaba de pasar por la estación de Woy Woy. Me dijo que tomaría un taxi, pero ya sabéis que suele haber muy pocos los domingos, así que le dije que esperara fuera, en Mann Street, y que alguien iría a buscarle. Él me dijo que no me molestara, claro, pero eso es una tontería. Si pudo volar hasta aquí desde Brasil, nosotros podemos recogerle en la estación. Cuando colgué, no obstante, me puse a pensar en quién podría ir a recogerle. No quiero dejar a mis invitados solos y no quería pedírselo a Martin. Y entonces te vi por la ventana y pensé... ¿Quién mejor que Scarlet? No te importa, ¿verdad, cariño?

Scarlet forzó una sonrisa.

–Claro que no. Será un placer.

Capítulo 2

EL VIAJE en tren desde Sídney a Gosford fue muy agradable. Nada más salir de la ciudad, el tren se había vaciado y había conseguido un asiento en la parte superior, del lado derecho. Después de pasar por el río Hawkesbury, las vías seguían el trazado del agua, zigzagueando a capricho y ofreciendo al viajero las vistas más turísticas y relajantes. Pero John tampoco estaba cansado. Esa era la ventaja de viajar en primera clase. Podía subirse a un avión y llegar a su destino totalmente renovado y listo para cualquier cosa.

Cualquier cosa...

Eso debía de ser lo que esperaba ese día. Las fiestas no eran precisamente su pasatiempo favorito. No le gustaba beber alcohol y esas conversaciones vacías le ponían de mal humor. Sin embargo, esa vez no había podido negarse a asistir al cuarenta aniversario de bodas de sus padres. Quería mucho a su madre y no quería hacerle daño por nada del mundo. Su padre, en cambio, estaba hecho de otra pasta. Era difícil querer a un padre que le había rechazado cuando solo era un niño... Pero John lo había intentando con todas sus fuerzas y recientemente se había dado cuenta de que lo había logrado. Unas semanas antes su madre le había llamado para decirle que su padre había tenido un amago de infarto y en ese momento había comprendido por fin lo mucho que le quería. Por primera vez había entendido que su padre podía morir... Y se había llevado un gran alivio al saber que no había sido nada serio.

No obstante, no era capaz de superar lo que su padre había hecho tantos años antes. Afortunadamente, por aquel entonces tenía a su abuelo. Si no hubiera sido por él, las cosas podrían haberle salido muy mal. Probablemente se hubiera ido de casa y habría terminado viviendo en la calle. A lo mejor hubiera acabado en la cárcel... Se había sentido tan mal después de la muerte de su hermano. Mal, confuso, furioso...

Sí. Se había puesto furioso. A veces, cuando recordaba los años de instituto, se sentía culpable... Se había comportado tan mal, con mucha gente, con Scarlet... Con ella había sido despreciable... Pero eso era por lo mucho que le gustaba. Había sido cruel con ella, pero por aquel entonces, sentir algo por alguien le daba mucho miedo. No quería sentir nada por nadie, no quería quererla, ni necesitarla. Y la había apartado de su vida, desde el primer momento, desde aquel día en que había llamado a la puerta de su casa y le había invitado a jugar con ella...

Pero la chica no solía aceptar un «no» por respuesta. Siempre había sido testaruda, con una voluntad de hierro. Al final, no obstante, había captado el mensaje por fin y había dejado de invitarle a salir a jugar. Y qué rabia le había dado entonces... Se había comportado como un niño malcriado. Si ella hacía algo, él tenía que hacerlo mejor. Por desgracia, siempre les ponían en la misma clase, la clase de los listos, así que ignorarla del todo había sido un poco difícil. Pero él lo intentaba con todas sus fuerzas. Y más tarde, en el instituto, habían vuelto a terminar en la misma aula.

Lo peor aún estaba por llegar, no obstante. Durante ese primer año de instituto, ambos habían madurado mucho. Scarlet se había convertido en una chica preciosa, mientras que él había pasado a ser un jovenzuelo flacucho cargado de hormonas incontrolables. Y así había empezado a pensar en ella como un loco, lo cual le había hecho comportarse todavía peor.

John esbozó una sonrisa. ¿Cómo hubiera reaccionado de haber sabido lo mucho que fantaseaba con ella en el instituto? Tampoco era que quisiera decírselo. ¿Qué sentido tenía? Ella le había dejado muy claro a lo largo de los años que no le soportaba. Y tampoco podía culparla. Él había sido quien había empezado con las hostilidades.

Esa era una de las muchas cosas de las que se arrepentía. Scarlet siempre había sido una chica encantadora, aunque un poco mimada, pero nunca había merecido que la trataran tan mal. Y tampoco se merecía que Jason Heath la engañara. Decirle la verdad sobre aquel bastardo era algo de lo que no se arrepentía. Ella lo había pasado mal, pero por lo menos le había evitado un sufrimiento mayor. El tipo nunca la había querido; solamente la usaba como coartada.

Se preguntaba si ella estaría en la fiesta ese día... Quería verla y charlar un rato quizá... Su madre le había dicho por teléfono que había tardado mucho en recuperarse de la infidelidad de Jason... Al parecer, esa era la historia que había contado para explicar la ruptura del compromiso.

Los profesores del instituto no habían sido los únicos que se habían llevado una gran sorpresa al enterarse de que no iba a ir a la universidad. Él también se había quedado de piedra y recordaba habérselo dicho... Después de todo, siempre había sido tan lista como él.

John se rio para sí, reconociendo la arrogancia en sí mismo. Por lo menos él no era de los que iban por ahí haciendo alarde de sus logros. Bianca solía decirle que era más bien de los silenciosos, los fuertes...

El corazón de John se encogió. Siempre le ocurría al pensar en Bianca. Algún día, quizá, lograría superar su muerte. El recuerdo estaba demasiado fresco... Aún le dolía. Pero había algo de lo que sí estaba seguro, no obstante... Nunca volvería a Brasil. Esa parte de su vida había terminado. Seguiría viviendo y trabajando en Australia durante un par de años, pero no en Central Coast. Allí no había industria minera y, además, nunca se sentía cómodo pasando tiempo en casa.

Lo mejor era establecerse en Darwin, donde ya tenía un apartamento en el que pasaba unas cuantas semanas todos los años. Su familia, no obstante, no sabía nada de eso. Si les decía que veraneaba en Australia todos los inviernos, sin duda se enfadarían con él porque no iba a visitarles, ni les había invitado a su casa... Su madre se hubiera enojado más que nadie... Pero pronto tendría que decirles algo, aunque tampoco podía contarles toda la verdad.

Durante las dos semanas anteriores, había terminado de atar todos los cabos sueltos en Río. Le había dejado su casa a la familia de Bianca. No quería tener ningún recuerdo... Lo único que se había llevado consigo había sido la billetera, el pasaporte, los teléfonos y la ropa. Mientras esperaba en el aeropuerto, se había comprado algo de ropa de invierno en una de las boutiques y también se había cortado el pelo casi al cero. Se había acostumbrado a tenerlo así desde su paso por el hospital el año anterior. Una de las enfermeras le había obligado a cortarse esa melena rebelde.

De repente el tren se paró en la estación de Point Clare, devolviéndole al presente. Estarían en Gosford en unos minutos. ¿Quién iría a recogerle? No sería su padre. A lo mejor Melissa... O Leo, el marido de Melissa. Sí, probablemente sería Leo.

Leo le caía muy bien. Era uno de los buenos. Para casarse con su hermana había que ser un pedazo de pan. Melissa era, sin ningún género de dudas, la hermana más consentida del mundo, incluso más que Scarlet.

Scarlet...

Tenía ganas de verla en la fiesta. Quería saber si le había perdonado por fin por haberle dicho lo de Jason. Cuando las noticias eran malas, la gente siempre culpaba al mensajero. Scarlet se había puesto furiosa con él esa noche. Le había llamado mentiroso, pero al final no había tenido más remedio que calmarse un poco y escuchar lo que le decía.

Seguramente todavía debía de seguir odiándole. Nunca había sido santo de su devoción y lo de Jason solo había empeorado las cosas.

De repente una voz anunció que estaban llegando a la estación de Gosford. Muchos de los viajeros se levantaron y fueron hacia las puertas. John sabía que no había necesidad de darse prisa, así que se quedó donde estaba, contemplando el río por la ventanilla; la superficie del agua estaba como un plato. Había muchos botes amarrados, meciéndose suavemente. Alrededor de ese enorme meandro se extendía Gosford, la salida hacia las playas de Central Coast. Pero Gosford no era una ciudad de playa. El mar estaba a unos cuantos kilómetros. El tren traqueteó un poco sobre un puente y pasó por delante de BlueTongue Stadium. Antes había un enorme parque allí.

En cuestión de segundos llegaron a la estación. John se tomó su tiempo para bajar.

Poco a poco había adquirido esa costumbre cada vez que volvía a casa. No tenía ninguna prisa por bajar del tren y siempre hacía todo lo que podía por acortar la visita. Seguía sin estar de humor para esa fiesta, pero ya no sentía esa tensión que le provocaba saber que iba a estar con su padre. Y eso era bueno... No obstante, tampoco tenía pensado quedarse mucho. No era masoquista.

No había nadie, así que dejó el equipaje en el suelo y esperó. Unos treinta segundos más tarde, un coche subió por la rampa a toda velocidad y se detuvo justo delante de él. No reconocía el coche, pero sí reconoció a la preciosa rubia qué iba al volante.

Era Scarlet.

Capítulo 3

S CARLET se quedó de piedra. Ese hombre guapí-
simo, parado delante de la estación, con camiseta,
chaqueta y vaqueros negros, era John Mitchell.
No se dio cuenta de inmediato, no obstante; ni siquiera
cuando él dio un paso adelante y le dio un golpecito en
la ventanilla. Al principio pensó que era un extraño que
quería preguntarle por alguna calle.

Pero en cuanto bajó el cristal y le vio quitarse las ga-
fas, supo que era él.

–¡Dios, John! –exclamó, mirando aquellos ojos azules.

–Sí. Soy yo.

Scarlet apenas le reconocía sin el pelo largo. No era
que estuviera más guapo... Siempre había sido muy
guapo, pero sí parecía más masculino. Además, nunca
le había visto vestido así. Estaba acostumbrada a verle
con pantalones cortos y camisetas, listo para hacer surf.

De repente se dio cuenta de que le estaba mirando
demasiado, así que apartó la vista.

–No te reconocí –le dijo con brusquedad–. ¿Y el
pelo?

Él se encogió de hombros y se pasó una mano por la
cabeza, casi rapada.

–Es más fácil de cuidar así. ¿Dónde quieres que
ponga la bolsa? ¿En el asiento de atrás o en el maletero?

–Donde quieras –le dijo ella en un tono un tanto
hosco y defensivo que intentaba esconder la sorpresa.

No estaba acostumbrada a encontrar atractivo a John Mitchell.

–Mi madre no debería haberte pedido que vinieras –le dijo él, subiendo al coche–. Podría haber tomado un taxi –le dijo él, señalando la fila de taxis más adelante.

–Ahora ya da igual –dijo Scarlet, pasando por delante de los taxis.

–Supongo que sí. Pero prefiero esto antes que tomar un taxi. Gracias, Scarlet.

Scarlet se quedó anonadada. Jamás hubiera esperado semejante gesto de un hombre como John Mitchell. Estaba distinto... Estuvo a punto de preguntarle qué le había pasado en ese último año y medio, el tiempo que había pasado desde su última visita, pero se lo pensó mejor y decidió guardar silencio. A lo mejor él también empezaba a hacerle preguntas...

–Tus padres han tenido mucha suerte con el tiempo –le dijo ella, atravesando la calle principal de Gosford, desierta a esa hora.

Él no dijo nada, pero el silencio no duró mucho.

–Mi madre me ha dicho que no has conocido a nadie más –le dijo él cuando se detuvieron delante de un semáforo cerca de East Gosford.

–No –dijo ella, poniéndose tensa.

–Lo siento, Scarlet. Sé lo mucho que querías casarte y tener una familia.

Ella le miró de golpe, repentinamente furiosa.

–Bueno, si lo tienes tan claro, entonces no deberías haberme dicho nada de Jason. Si no lo hubieras hecho, yo no me habría enterado de nada, y ahora ya estaría casada. Pero en vez de eso...

Se detuvo al sentir el picor de las lágrimas en los ojos. Apretaba el volante con tanta fuerza que los nudillos se le habían puesto blancos.

John se sorprendió al verla tan afectada, pero no se arrepintió de haberle dicho la verdad.

–Lo siento mucho, Scarlet. Pero no tuve elección. No podía dejar que te casaras con un hombre que te estaba utilizando.

–Bueno, hay cosas peores –le espetó ella, con resentimiento.

–No te quería, Scarlet.

–¿Pero tú qué sabes de esas cosas?

–Me lo dijo.

–¡Tú!

–Sí. Me dio pena. Le daba demasiado miedo admitir quién era públicamente. Ni siquiera yo me he visto tan perdido como él.

Scarlet se conmovió al oír la fuerza de sus palabras. Acababa de revelarle algo...

–La luz está en verde, Scarlet.

–¿Qué? Oh, lo siento.

Siguió adelante, confusa. De repente sentía una extraña simpatía por el hombre que estaba sentado a su lado. ¿Quién lo hubiera dicho unos años antes? Había empezado encontrándole increíblemente sexy y de repente sentía pena por él... La vida podía dar unos giros de lo más perversos...

–¿Por qué no has buscado a otra persona? –él seguía insistiendo.

Scarlet suspiró. Siempre había sido un hombre parco en palabras, y sus silencios eran lo único que se agradecía en él, pero de pronto parecía haberse convertido en todo un conversador.

–He dejado de buscar, ¿de acuerdo? –le contestó de una forma casi agresiva–. Podría hacerte la misma pregunta a ti –le dijo, contraatacando–. ¿Cómo es que tú nunca has encontrado a nadie? Nadie que te atrevieras a traer a casa...

Él se rio. John Mitchell acababa de reírse. Las cosas cada vez eran más raras...

–Vamos, Scarlet, ya conoces a mi madre. Si traigo una chica a casa, enseguida me pregunta cuándo es la boda.

–Yo podría decírselo sin ningún problema. ¡Nunca!

–Me conoces demasiado bien, Scarlet.

–Te conozco lo bastante bien como para saber que eso a ti no te va. Si estuvieras interesado, ya te habrías casado. No creo que tuvieras problema en encontrar a una mujer.

–Gracias por el cumplido. Pero tienes razón. El matrimonio no es para mí.

–Pero eso no es razón para que no lleves a casa a alguna chica de vez en cuando.

–En eso sí que te doy la razón. Ya hay bastante tensión en casa cada vez que vengo.

Eso era cierto. Scarlet no podía negarlo. John y su padre no se llevaban muy bien precisamente. Ella siempre le había echado la culpa a John; siempre había sido un chico tan difícil... Sin embargo, en ese momento no podía evitar preguntarse si habría algún motivo oculto que explicara ese comportamiento tan antisocial, algo que hubiera ocurrido antes de que ella y su madre llegaran al barrio... La curiosidad acababa de picarla.

–¿Tienes a alguien en Brasil ahora? –le preguntó, mirándole.

De repente, su rostro cambió. El gesto sonriente se le borró de golpe.

–La tenía. Hasta hace poco.

–Lo siento.

–Y yo. Bueno, creo que ya hemos cubierto el cupo de información personal por hoy.

Scarlet apretó los dientes. Debería haberse imaginado que lo de ser afable no duraría mucho.

–¿Por qué no has seguido por la calle principal? –le preguntó él al ver que giraba a la derecha para tomar Terrigal Drive–. Es más rápido.

–Ya no. Hay unas obras horribles. Si vinieras a casa más a menudo, lo sabrías. Además, yo soy quien conduce. Tú eres el pasajero. El pasajero no le dice al conductor adónde va y cómo tiene que ir.

Él volvió a reírse.

–Me alegra ver que no has cambiado, Scarlet.

–Yo estaba pensando lo mismo de ti. Pareces distinto por fuera, John Mitchell... No me cabe duda de que ahora te vistes mejor... Pero por dentro sigues siendo el mismo listillo que se creía superior que los demás.

Esa vez él no replicó y Scarlet no tardó en avergonzarse. Se había excedido, para no variar. John siempre le sacaba lo peor del carácter.

–Lo siento –dijo rápidamente, intentando llenar ese silencio–. Eso ha sido una grosería por mi parte.

–Oh, no sé –dijo él, sorprendiéndola con una sonrisa seca–. Tampoco andabas tan mal encaminada. Puedo llegar a ser muy arrogante.

Esa vez Scarlet no pudo evitarlo. Le devolvió la sonrisa. Sus miradas se encontraron durante unos segundos. Scarlet fue la primera que apartó la vista.

–Deja de mirarme –le dijo con hosquedad, manteniendo la vista al frente.

–No te estaba mirando. Solo estaba pensando.

–¿En qué? –le preguntó ella.

–No olvides que hay un radar con cámara por aquí.

Scarlet puso los ojos en blanco.

–Por Dios, John. Vivo aquí los trescientos sesenta y cinco días del año. Sé que hay una cámara.

–Bueno, ¿y entonces por qué vas a más de ochenta kilómetros hora?

–Puedo ir a esta velocidad. No es día lectivo.

–La señal decía sesenta. Hay obras más adelante.

Scarlet pisó el freno, justo a tiempo.

–Si se ponen a hacer obras en otra calle más, creo que voy a ponerme a gritar como una loca.

–Nada de gritos. No aguanto a las gritonas.

Ella le fulminó con una mirada. Pero él siguió sonriendo.

–John Mitchell... No me puedo creer que hayas adquirido cierto sentido del humor.

–Bueno, hoy parece que sí lo he adquirido. Y me alegro. Ya casi he llegado a casa.

Era cierto.

La calle en la que vivía Scarlet era igual que todas las demás calles de Central Coast, compuesta por dos hileras de casas variopintas. Era una calle familiar en la que siempre se encontraba a la misma gente.

–Parece que ha venido mucha gente –le dijo él cuando doblaron la esquina.

–La culpa es de tu madre. Si no diera tan buenas fiestas, nadie aceptaría su invitación. Siempre pasa lo mismo cuando les toca a tus padres dar la fiesta de Navidad. Mira, tu madre y tu hermana están en el porche, esperándote –Scarlet se dio cuenta de que faltaba su padre–. Voy a parar delante de mi casa y te bajas. Quiero meter el coche en el garaje.

–Muy bien –dijo él, saliendo. Tomó la bolsa del asiento trasero y le dio las gracias.

Ella apretó el botón del control remoto del garaje y se quedó mirándole por el espejo retrovisor mientras la puerta se abría. Realmente estaba impresionante... Tenía un buen trasero con esos vaqueros. Un cuerpo de infarto... De haberse tratado de cualquier otra persona, quizá se hubiera sentido tentada de flirtear un poco.

El pensamiento la hizo echarse a reír. Flirtear con John Mitchell... ¿Qué sentido podía tener hacer algo así? Volvió a reírse...

Y aún seguía riéndose cuando regresó a la fiesta.

Capítulo 4

SCARLET buscó a John con la vista rápidamente, pero, al no encontrarle entre la multitud de invitados que se habían reunido en el jardín, volvió a entrar en la casa. Dentro solo estaba su madre, sacando un par de botellas de vino de la nevera. El amplio salón estaba vacío. No había ni rastro de John.

–Ah, Scarlet –dijo su madre–. Muchas gracias por haber ido a buscar a John.

–De nada, señora Mitchell. ¿Dónde está, por cierto?

–Arriba, en su dormitorio –le dijo Carolyn.

Parecía un poco molesta.

–Me dijo que iba a buscar mi regalo de aniversario, pero yo creo que solo está evitando a la gente. ¿Te importaría ir a ver si baja? La comida está lista. Por cierto, estás guapísima hoy, cariño –añadió, sin darle tiempo a contestar algo.

En realidad tampoco le importaba subir. Así podría ver si todavía tenía todos esos pósters de chicas en las paredes.

No los tenía. En la habitación no quedaba ni rastro de todos esos recuerdos adolescentes. John estaba junto a la ventana, mirando hacia la calle. Su dormitorio daba al frente de la casa. Su bolsa estaba encima de la cama, sin abrir. Scarlet miró a su alrededor, pero no vio ningún regalo.

–Me han pedido que venga a buscarte –le dijo desde la puerta.

Él se volvió y sonrió con tristeza.

–Pobre Scarlet –dijo con ironía–. Hoy te ha tocado lo peor.

Scarlet no lo negó, aunque en realidad ir a buscarle a la estación no le había molestado tanto como había pensado en un primer momento. Y subir a la habitación tampoco había sido para tanto... Pero eso no se lo iba a decir.

–¿Encontraste el regalo de tu madre?

–Sí –dijo él y se tocó el bolsillo derecho de la cazadora de cuero.

–¿Algo pequeño y escandalosamente caro?

–Podría ser.

–Déjame adivinar... Un rubí auténtico.

–¿Qué otra cosa podría regalarle un hijo geólogo a su madre en sus bodas de rubí? Siempre fuiste una chica lista.

–Y tú siempre has sido un imbécil sarcástico.

Él frunció el ceño y entonces sonrió.

–Te diré una cosa. Te prometo que bajo y entretengo a mis invitados si te quedas a mi lado todo el tiempo.

–Bueno, y yo qué saco de todo eso.

John sonrió de oreja a oreja.

–¿Disfrutar de mi agradable compañía?

–Me temo que no es suficiente. No creo que tu compañía se vaya a volver agradable de repente. Tendrás que darme algo más.

–¿Y qué tal un diamante auténtico?

Scarlet no sabía si hablaba en serio o si solo le estaba tomando el pelo. Pero tenía ganas de seguir bromeando.

–¿Para qué quiero yo un diamante? –respondió en un tono altivo–. Bueno, a no ser que venga en una alianza de oro, junto con una propuesta de matrimonio.

La cara que puso John no tenía precio.

–¿No? –le preguntó ella y siguió adelante–. Qué pena. Tampoco estás tan mal después de todo. Y estás podrido en dinero. Por no mencionar que no eres gay. ¿Qué más podría querer una chica?

–Buen intento, Scarlet. Me lo creí durante una fracción de segundo.

Ella sonrió.

–Sí, ¿verdad? La venganza es dulce.

–¿Venganza por qué?

–Por todas esas veces en la que deseé matarte.

–*Mea culpa* –dijo él.

–Ahí tienes razón. Pero hoy tiene que ser un buen día, así que voy a dejar a un lado las viejas rencillas y haré lo que me pides. No tienes que pagarme con nada. Bueno, tampoco pensaba que fueras a darme un diamante de verdad.

–Si tenía intención de dártelo, ahora ya has perdido tu oportunidad. No obstante, si eres agradable y simpática durante el resto del día, a lo mejor sí que te lo doy.

–En tus sueños, cielo.

Él se rio a carcajadas.

–Ahí sí que tienes razón, Scarlet... Vamos –esbozó una sonrisa cálida y le ofreció el brazo–. Será mejor que bajemos antes de que nos manden al equipo de búsqueda.

Capítulo 5

SCARLET apenas podía creerse lo mucho que había disfrutado de la fiesta, y de la compañía de John, aunque tampoco había sido agradable precisamente. Después de darle a su madre el rubí, en bruto, pero enorme, se había dignado a dar un pequeño discurso. Había alabado a sus padres por llevar tanto tiempo juntos, y les había deseado lo mejor para el futuro. Pero eso no había sido todo. Sorprendentemente, después de comer, había hecho el esfuerzo de hablar con su padre. La conversación había sido un poco tensa, no obstante. Scarlet estaba muy cerca, escuchándolo todo. Pero era Martin Mitchell quien sonaba más nervioso... Tras hablar con John, pasó el resto de la tarde jugando con su nieto, el pequeño de Melissa. Oliver era un niño encantador, con una personalidad muy definida y dulce, pero Scarlet no podía evitar pensar que debería haberse quedado un rato más con su hijo, que había volado desde Brasil para asistir a la fiesta en un día tan especial.

Esa actitud la había molestado un poco, y por eso se había acercado más a John. Además, se había tomado unos cuantos vasos de vino y ya estaba más contenta y coqueta que de costumbre. Él, por su parte, no hacía más que buscarla cuando le dejaba solo durante demasiado tiempo, y cuando la encontraba le susurraba al oído... Le decía que no conseguiría ese diamante si seguía abandonando su puesto.

Cerca de las cinco y media, la fiesta tocaba a su fin y los invitados empezaban a irse. A las seis, la casa de los Mitchell estaba casi vacía. Scarlet y su madre se quedaron para ayudar a Carolyn y a Melissa. Oliver dormía la siesta y Martin, John y Leo estaban en el salón, viendo las noticias.

—El viernes me hicieron la ecografía de los cuatro meses —dijo Melissa de repente mientras llenaba el lavavajillas junto con Scarlet.

Sus madres habían salido en ese momento, para buscar más platos sucios.

Scarlet se puso tensa. Siempre que alguna chica empezaba a hablar de esos temas le pasaba lo mismo.

—Oh —dijo, intentando sonar natural—. Espero que todo vaya bien.

—Muy bien. Leo me acompañó. Claro. Casi lloró cuando le dijeron que era una niña. Y yo también. Oliver es un crío maravilloso, pero siempre hemos querido tener una niña también.

Scarlet casi sintió ganas de llorar. A ella le daba igual que fuera niño o niña. Solo quería tener un bebé.

—¿Te gustaría ver las imágenes de la ecografía? —le preguntó Melissa—. Las he traído para enseñárselas a mi madre. Las tengo arriba. Voy por ellas —añadió, sin darle tiempo a contestar.

Nada más entrar en la cocina, John reparó en la cara de Scarlet.

—¿Qué pasa? —le preguntó directamente—. ¿Qué te pasa?

—Tengo que salir de aquí.

Demasiado tarde. Melissa regresó enseguida con las temidas fotos. Scarlet no tuvo más remedio que mirar las imágenes y pasar por todo el repertorio de exclamaciones apropiadas para la ocasión. ¿Cómo iba a hacer otra cosa, sin hacer el ridículo? Melissa insistió en enseñárselas a su hermano también y este no tuvo más remedio que echarles un vistazo.

Por suerte, no hizo comentario alguno, no obstante. En algún momento sus madres volvieron a entrar en la cocina. Scarlet se preparó para soportar el discurso entusiasta de Carolyn Mitchell...

—Me alegro tanto de que vayas a tener una niña, cariño —le dijo a su hija, radiante de felicidad—. Y los abuelos estamos encantados de tenerte viviendo tan cerca...

Después añadió que era más que evidente que John no iba a darles nietos y que, si por algún extraño milagro los hacía abuelos, probablemente nunca llegarían a conocerlos, puesto que él prefería vivir en Brasil.

John no sabía qué había puesto tan nerviosa a Scarlet, pero, a juzgar por la cara que tenía, estaba deseando salir de allí; al igual que él. Y cuanto antes, mejor.

—Siento tener que dejaros... —dijo John cuando su madre dejó de hablar un momento—. Pero le pregunté a Scarlet si salíamos esta noche y me dijo que sí. Así que... si no os importa, nos vamos.

La agarró de la mano sin más dilación y se dirigió hacia la puerta de entrada.

—No nos esperéis —les dijo, hablando por encima del hombro—. Nos llevamos tu coche, pero no te preocupes, yo puedo conducir —le dijo a Scarlet al oído—. Solo me he tomado dos cervezas sin alcohol en toda la tarde.

Scarlet hubiera accedido a cualquier cosa en ese momento. Sentía un alivio tan grande al poder escapar de Melissa y sus fotos de bebés...

Cinco minutos más tarde, John estaba sacando el coche del garaje.

—Buen coche, Scarlet —le dijo, cuando ya estaban en

camino–. La última vez que estuve por aquí, conducías un montón de chatarra.

–Bueno, he decidido darme algún capricho que otro este año.

Un coche nuevo, un bebé...

De repente esas lágrimas que llevaban tanto tiempo amenazando con salir rodaron por sus mejillas. Scarlet no tuvo más remedio que echar la cabeza adelante y esconderla entre las manos.

John no supo qué hacer durante una fracción de segundo. Sabía que le pasaba algo, pero tampoco había esperado algo así. No era propio de ella en absoluto.

Seguir conduciendo parecía un poco cruel, así que se echó hacia el arcén y paró el motor.

Se quedó quieto, en silencio. De repente le pareció la mejor opción.

Cuando dejó de llorar por fin, ella misma abrió la guantera y sacó una cajita de pañuelos. Se sonó la nariz y entonces le dedicó una mirada sufrida.

–Gracias.

–¿Por qué?

–Por sacarme de allí.

–¿Te puedo preguntar por qué estás así?

–No –ella arrugó el pañuelo y apartó la mirada de él.

–¿No? Scarlet King, no nos vamos a mover de aquí hasta que me digas qué te pasa.

De repente se le encendió la bombilla. Melissa había bajado con las fotos de la ecografía, y después había llegado su madre, quejándose de que él nunca le daría nietos, lo cual era más que probable.

–A lo mejor es por el embarazo de Melissa –le dijo con esa arrogancia masculina tan típica que venía después de haber adivinado algo.

Scarlet lo miró de golpe. Sus ojos echaban chispas.

—Sí. Claro. Por supuesto. Fue el embarazo de tu preciosa hermanita. Y la forma en que me restregó todas esas fotos en la cara. ¿Cómo crees que me sentí cuando me dijo que va a tener a una niña preciosa para acompañar al nene encantador que ya tiene, cuando yo daría lo que fuera por tener un bebé, fuera del sexo que fuera?

—Pero lo tendrás, Scarlet. Algún día.

—Oh, ¿de verdad? ¿Me lo puedes garantizar tú, John? Tengo treinta y cuatro años y sigo sin tener éxito en los temas del amor. Bueno, probablemente dentro de poco ya empiece a tener problemas para quedarme embarazada. Si no lo tengo pronto, todo se va a poner muy difícil.

—No digas tonterías, Scarlet. Hoy en día hay un montón de mujeres que tienen hijos con cuarenta años y más.

—No es ninguna tontería, y las mujeres de cuarenta años no tienen hijos todo el tiempo. La mayoría de las madres mayores de las que se oye hablar son celebridades y actrices que tienen acceso a las mejores clínicas de fertilidad del mundo. ¿Te has fijado en cuántas tienen gemelos? No creerás de verdad que esos niños son concebidos de forma natural, ¿no?

John nunca había reparado en eso.

—Bueno, seguro que sabes más que yo del tema, pero todavía no tienes cuarenta años, Scarlet. Te falta mucho. No hay motivo para sucumbir al pánico.

—Tengo todos los motivos para dejarme llevar por el pánico.

—Mira, si estás tan desesperada por tener un bebé, ¿por qué no sales por ahí y te quedas embarazada? Eres guapísima. Seguro que te harán muchas ofertas.

Scarlet le miró con ojos perplejos.

—¿Pero crees que me voy a quedar embarazada del primero que me encuentre? Y ya no hablemos del riesgo de contraer enfermedades. No, gracias. No tengo intención de hacer algo así.

–¿Entonces vas a seguir esperando al Príncipe Azul?

–En realidad, John, tampoco tengo intención de hacer eso.

–Oh... Bueno, entonces dime... ¿Qué quieres hacer?

–Bueno, ya que preguntas, ya lo estoy haciendo.

–¿Qué estás haciendo?

Scarlet se dio cuenta de que se había metido en la trampa ella sola. ¿Por qué tenía que ser incapaz de mantener la boca cerrada?

–El caso es que... –le dijo, dudando todavía–. Yo... Um... He decidido tener un bebé por inseminación artificial.

Al ver que él no contestaba nada, Scarlet se volvió hacia él. Tenía el ceño fruncido, como si no entendiera nada.

–Lo he buscado todo perfectamente en Internet. Lo he pensado y lo he investigado todo perfectamente. He encontrado una clínica cerca donde tienen un buen catálogo de donantes de esperma. Tienes acceso a toda la información; rasgos personales, historial de salud, cociente intelectual... Escogí al que mejor me pareció. Es americano, alto, guapo, con pelo oscuro, ojos azules, y un cociente de ciento treinta. Algunos los tienen más altos... Casi todos los donantes son estudiantes universitarios, pero yo no quiero un bebé que sea un genio. Solo quiero que sea lo bastante listo como para desenvolverse bien en la vida sin pasarlo mal.

–Si ya lo has decidido, Scarlet, ¿por qué te pusiste así con lo del embarazo de Melissa?

Scarlet suspiró.

–Bueno, supongo que es mejor que te diga todo lo demás. El caso es que hasta ahora no ha funcionado. Ya lo he intentado dos veces, pero no me he quedado embarazada y... Yo... Yo... Bueno, cuando Melissa me enseñó las fotos de la ecografía, empecé a preocuparme y a pensar que me pasa algo, que nunca podré ser madre... Yo... –su voz se quebró.

–La verdad es que... –dijo John, rellenando el silencio repentino–. Admiro que hayas decidido dar un paso para conseguir lo que quieres en la vida. Eres valiente. Pero al mismo tiempo no puedo evitar pensar que estás siendo egoísta al querer tener un hijo al que le niegas la posibilidad de tener una figura paterna en su vida.

Scarlet se sorprendió. Enfureció.

–Yo no diría que tener una figura paterna en la vida lo resuelve todo. Yo pensaba que tú serías la primera persona que lo entendería.

–Vaya. Ahí me has dado. Pero sí que tuve abuelo. Tu bebé ni siquiera tendrá eso.

–A lo mejor no, pero sí va a tener a una abuela que lo querrá mucho.

–Cierto. ¿Pero qué pasa cuando ella no esté? ¿Qué pasará entonces?

–No quiero pensar en esto ahora. Ya lo pensaré... mañana.

–Igual que tu tocaya en la ficción.

Ella le fulminó con la mirada.

–Yo pensaba que tú lo entenderías.

John se encogió de hombros. No sabía muy bien por qué le inquietaba tanto que Scarlet tuviera un bebé de ese donante con un cociente de ciento treinta, pero lo cierto era que todo su cuerpo parecía resistirse a la idea.

–Querer un bebé no es muy complicado. Es un instinto natural en la mayoría de las mujeres. Y en muchos hombres también, según he oído –añadió en un tono incisivo.

–Supongo que debes de tener razón. Mira, es evidente que estás empeñada en hacer esto, pero tengo una sugerencia que hacerte que quizá sea mucho mejor que quedarte embarazada por un completo extraño que no le aportará nada a tu hijo, excepto un pack de genes que a lo mejor no son tan deseables como dice en los papeles. Al fin y al cabo, ¿qué sabes de ese donante de esperma? Todo es muy superficial. No sabes nada de su familia, ni de su estado mental. A lo mejor deberías alegrarte de no haber concebido a ese hijo todavía.

Scarlet no podía creerse que John pudiera ser tan negativo. La vida siempre tenía un riesgo. Los planes perfectos no existían, ni tampoco las parejas perfectas...

–Bueno, Scarlet, en aras de la felicidad futura de tus descendientes, te propongo que dejes a ese donante de esperma y escojas a otro... a mí.

Scarlet se quedó boquiabierta. No podría haberse sorprendido más aunque le hubiera sugerido que se quedara embarazada por el Espíritu Santo. Tenía que haber gato encerrado. Tenía que ser una broma...

–¡Tienes que estar de broma!

–En realidad, no. No estoy bromeando.

–Pero... pero... ¿Por qué?

–¿Y por qué no? Cumplo los requisitos, ¿no? Soy alto, razonablemente guapo, tengo el pelo oscuro, los ojos azules... Por desgracia, mi cociente intelectual es un poco más alto de ciento treinta, pero eso tampoco importa tanto, ¿no? Te prometo que te dejaré criar a tu hijo como quieras y que no me meteré donde no me llaman. No será tan distinto a lo que tenías pensado, aunque sí que me gustaría ver al niño de vez en cuando. Además, los otros abuelos vivirán enfrente. Y aunque mi padre no fuera un gran padre, hoy he visto que sí tiene madera de abuelo. Eso pasa a veces. Su padre, mi abuelo, decía que había sido un padre patético, pero que cuando se convirtió en abuelo mejoró mucho.

Scarlet sacudió la cabeza.

—Me está costando mucho asimilar todo esto.

—Tómate tu tiempo.

Scarlet parpadeó y entonces frunció el ceño.

—Todavía no veo por qué me haces esta oferta.

—A veces sí que puedo ser amable y empático, ¿sabes? Por lo menos eso creía Bianca.

—Esto es algo más que ser amable y empático —sacudió la cabeza de nuevo—. Debo decir que me siento tentada. Mi madre se sentiría más tranquila sabiendo que tú eres el padre.

—Supongo que sí. Le caigo muy bien. Ya lo sabes. Siempre le he caído muy bien, desde aquel día en que le prometí que cuidaría de ti en el autobús del colegio.

Scarlet puso los ojos en blanco.

—Creo recordar que no te hizo mucha gracia entonces.

—No me importó en absoluto.

—¡Mentira! Vamos, John, nunca has tenido madera de buen samaritano precisamente. Y es por eso que esa oferta que me haces suena tan rara. Dios, no sé qué pensar ni qué decir.

—Di que sí y ya está.

—Pero es una decisión muy difícil. Quiero decir que... Es una gran responsabilidad tener un hijo contigo... Es distinto a estar enamorado de alguien y...

John resopló.

—Los dos sabemos muy bien que estar enamorado no es garantía de felicidad para el futuro. La gente se desenamora todo el tiempo hoy en día.

—Pero es importante que los padres se gusten y se respeten.

–¿Y crees que no me gustas y que no te respeto?

–No hemos sido precisamente buenos amigos durante estos años.

–Pero todo eso forma parte del pasado. Solo éramos críos estúpidos. Hoy nos hemos llevado muy bien, ¿no?

–Sí –dijo ella, no sin reticencia–. Sí que nos hemos llevado bien. Ay, Dios, aún no sé qué decir. Si hacemos esto, ¿qué demonios les vamos a decir a todos?

–Ya nos ocuparemos de eso cuando llegue el momento. La prioridad en este momento es que te quedes embarazada, ¿no? Es evidente que tu cuerpo no responde bien a ese donante que has escogido –añadió, haciendo uso de esa lógica fría que le caracterizaba–. Tienes que probar con alguien distinto.

Scarlet sabía que si fallaba otra vez con el donante, terminaría arrepintiéndose de no haber aceptado la propuesta de John.

«Ahora o nunca...», dijo una voz en su interior.

–Muy bien. Muy bien. Al diablo con todo. Digo que sí.

–Estupendo –dijo John–. ¿Cuál es el plan?

–Contactaré con la clínica a primera hora y te pediré una cita para que vayas a dejar la muestra de esperma. Entonces...

–¡Espera un momento! –John la interrumpió de inmediato–. ¡No lo vamos a hacer así! ¡Ni hablar!

–¿Qué quieres decir?

–Quiero decir que no pienso convertirme en padre dejando una muestra en un tubito. Si vamos a hacerlo, hagámoslo bien.

–Quieres decir que... ¿Quieres acostarte conmigo?

Capítulo 6

JOHN sonrió con sequedad.
—No te escandalices tanto, Scarlet. Llevo queriendo hacerlo desde que te vi por primera vez esta mañana, por no hablar de esa época cuando estábamos en el instituto.

Scarlet se sonrojó hasta la médula. Sin embargo, en el fondo estaba encantada de descubrir que los sentimientos que la habían cegado por completo esa mañana llevaban tanto tiempo siendo recíprocos.

—Pero no empieces a pensar que hago esto por eso solamente, porque no es así, aunque estoy seguro de que voy a disfrutar mucho acostándome contigo —admitió—. Sin embargo, no es esa la razón por la que te he sugerido esta solución. En realidad creo que tienes muchas más posibilidades de quedarte embarazada de esta forma que con la inseminación. Y eso es lo que quieres, ¿no? Tener un bebé, ¿verdad?

Al oírle pronunciar la palabra «bebé», Scarlet volvió al presente. Estaba en la Luna desde el momento en que él le había confesado que había querido acostarse con ella desde el instituto.

—¿Qué? Oh, sí. Sí. Eso es lo que quiero. Un bebé.
—Bueno, ¿entonces qué me dices, Scarlet?
—No lo sé...
Él suspiró.

–¿Qué es lo que no sabes?

–¡No sé lo que no sé!

–Mira, entiendo que esta propuesta te ha sorprendido mucho, así que... ¿Por qué no vamos a tomarnos un café a algún sitio y hablamos de ello tranquilamente?

–No creo que sea capaz de hablar de esto tranquilamente. Me has dejado de piedra. Tengo que pensar en esto sola.

John asintió. Deseaba que dijera que sí, casi con desesperación, y eso lo asustaba mucho... Pero también era cierto que ella necesitaba pensarlo bien.

–Te llevo a casa.

Scarlet suspiró. La idea de irse a casa y enfrentarse a su madre mientras trataba de decidir algo tan importante tampoco sonaba muy estimulante.

–¿Y si vamos a Erina Fair y vemos una película? Puedes escoger cualquier peli que te guste, una de esas de acción para machotes que os gustan a los chicos, cargada de persecuciones en coche y asesinos. Tú ves la película y yo me dedico a pensar un poco.

Él se rio.

–Eres toda una sexista, Scarlet. Resulta que me gustan muchos tipos de películas, no solo las pelis de acción para machotes, como dices tú.

–Oh, claro que sí. Seguro –dijo ella en un tono de escepticismo.

–Te lo demostraré.

La sorprendió escogiendo una comedia romántica con uno de esos argumentos de amigos que terminan enamorándose, un tema muy de moda en la industria del cine. Scarlet habría podido disfrutarla mucho si no hubiera tenido tantas escenas de sexo; todas eran de lo más explícitas. Se quitaban la ropa cada cierto tiempo y los dos amigos tenían sexo salvaje en todos los lugares y de todas las formas posibles. En el sofá, en el ascensor...Incluso en una pradera.

Los dos protagonistas, como no podía ser de otra manera, tenían cuerpos perfectos, ideales para la pantalla, y sin duda debían de estar fingiendo esos orgasmos tan estruendosos... ¿La gente hacía esos ruidos de verdad mientras hacían el amor? Ella nunca había tenido ganas de hacerlos. No tardó en empezar a preocuparse... Quizá John esperara que fuera una amante explosiva, como esa chica de la película. Pero ella no se parecía en nada. Tenía los pechos muchísimo más pequeños, su cuerpo no parecía recién sacado de un gimnasio y, desde luego, no llegaba al clímax siempre. En realidad, casi nunca llegaba. El final también fue una estupidez: pura ficción de Hollywood en la que los personajes se enamoraron y vivieron felices para siempre. Como si eso pasara en la realidad...

–¿Es eso lo que te da miedo? –le preguntó él cuando salieron del cine–. ¿Tienes miedo de enamorarte de mí si te acuestas conmigo?

Scarlet se echó a reír. No lo pudo evitar.

–Ya. Bueno, es evidente que no es eso lo que te da miedo.

–No –dijo ella. Los miedos que sentía no tenían nada que ver con el amor. Dejó de andar, se volvió y lo miró a la cara con ojos pensativos–. Tienes que reconocer que no conozco al adulto que hay en ti, John. Parece que te has vuelto todo un hombre misterioso últimamente.

–Bueno, no seré tan misterioso como ese estudiante universitario.

–Cierto. Pero me gustaría saber algo más sobre tu vida en América del Sur antes de aceptar que seas el padre de mi hijo. Después de todo, tu propuesta no es la misma clase de trato que hubiera tenido con mi estudiante universitario. Él no quiere ser parte de la vida de mi hijo. Pero tú sí, aunque solo sea de forma limitada.

–Muy bien. Vamos a buscar un sitio donde tomar un café, y te cuento cosas de mí.

No tenía pensado contarle gran cosa, no obstante. Le hablaría del trabajo, le aseguraría que podía mantener a su hijo económicamente... Pero de ninguna manera le hablaría de Bianca. Apenas soportaba pensar en ella.

Sin embargo, tendría que decirle algo sobre su vida privada, así que le hablaría de esa lista de novias que había tenido a lo largo de los años, esas chicas de las que no se había enamorado, y que habían roto con él por su incapacidad para el compromiso. Con eso tendría que bastar.

–Parece que esa pizzería está abierta –le dijo, agarrándola del brazo.

Scarlet se puso tensa al sentir el tacto de su mano. Si llegaba a hacerle el amor, entonces tendría que tocar muchas otras partes de su cuerpo... Con solo imaginarse desnuda frente a él, sentía un revoloteo de mariposas en el estómago.

De repente sintió que no podía hacerlo.

–No, John –le dijo, apartándose bruscamente.

–¿No qué?

–No. He decidido no aceptar tu oferta. Gracias por decírmelo. Es muy generoso de tu parte. Pero no va a funcionar para mí. Por favor, no discutas conmigo sobre esto ni me digas que estoy siendo irracional, porque si lo haces, sé que voy a echarme a llorar de nuevo.

No podía saber qué pasaba por la mente de él en ese momento. Su rostro siempre había sido totalmente hermético.

–Entiendo. Bueno, es tu vida, Scarlet. Tienes que hacer lo que crees que es mejor para ti.

–Gracias –dijo ella, intentando contener las lágrimas.

–Entonces no vamos a tomarnos el café, ¿no? –le dijo él con una prisa repentina–. Te llevo a casa.

Capítulo 7

LA MADRE de Scarlet seguía despierta, viendo la televisión, cuando su hija llegó a casa. Y a lo mejor fue mejor así. Por lo menos pudo aguantar las ganas de echarse a llorar de nuevo.

Su madre levantó la cabeza desde el sofá.

—Has llegado antes de lo que esperaba.

Scarlet miró el reloj que estaba en la pared. No eran más de las nueve.

—Sí, bueno, no hay mucho que hacer por aquí un domingo por la noche —le dijo, rodeando la encimera de la cocina y agarrando el hervidor—. No nos apetecía comer ni beber nada, así que nos fuimos al cine.

—¿Fue buena?

—Más o menos —dijo ella, mientras le echaba agua al hervidor—. ¿Qué película estás viendo?

Su madre siempre veía una película a las ocho y media los domingos por la tarde.

—Una muy aburrida basada en hechos reales. Estoy a punto de apagar la tele —lo hizo enseguida—. Si estás haciendo té, hazme una taza a mí, por favor.

—Muy bien —dijo Scarlet, pensando que tenía que irse a la cama antes de que empezara el interrogatorio.

Janet se volvió hacia su hija desde el sofá para poder verle la cara.

—Me ha sorprendido ver que te llevabas tan bien con John.

—Y yo —dijo Scarlet.

—No se ha separado de ti en toda la tarde... No creerás que...

—No, mamá. Eso nunca va a pasar, así que no vayas por ahí.

Pero Janet no estaba dispuesta a rendirse tan fácilmente.

—Si tú lo dices, cariño. ¿Pero qué dice John? ¿Quiere verte de nuevo mientras se quede en casa?

—Mmm, solo me invitó a salir hoy porque no soporta estar cerca su padre durante mucho tiempo. Seguro que regresa enseguida adondequiera que tenga que volver. Me atrevo a decir que se irá mañana mismo.

—Seguro que se queda un poco más después de haber venido desde tan lejos.

Scarlet se encogió de hombros.

—Lo dudo mucho. Aquí tienes el té, mamá. Yo me llevo el mío a mi habitación. Estoy cansada.

Janet frunció el ceño al ver que su hija se iba directamente a la habitación al salir de la cocina. Conocía a Scarlet mejor que cualquier otra persona y sabía que le pasaba algo.

Algo había ocurrido entre John y ella esa noche, algo de lo que no quería hablar, algo que la había puesto muy tensa. ¿Acaso él se había propasado con ella?

De haber sido así, no le hubiera extrañado nada. Scarlet era muy guapa, pero tenía el listón demasiado alto en lo que a hombres se refería. Si cometían un solo error, ya podían salir por la puerta y no volver. De no haber buscado la perfección en una pareja con tanto ahínco, seguramente ya hubiera estado casada a esas alturas.

Pero nada de eso importaba ya. Janet apretó los labios, resignada. Era evidente que Scarlet había abandonado la idea de casarse. Si John estaba interesado en ella, entonces acabaría librando una batalla perdida. Lo único que ella quería era un bebé.

Janet se levantó del sofá y fue a recoger su taza. Solo podía esperar que su hija se quedara embarazada al mes siguiente.

Ese mismo pensamiento mantuvo a Scarlet en vela durante toda la noche. Dio mil vueltas. La mente la torturaba con ideas nocivas... ¿Y si no se quedaba embarazada? ¿Qué haría entonces? ¿Seguiría intentándolo o recurriría a métodos más complicados y caros como la fecundación in vitro? ¿Cuánto tiempo aguantaría antes de volverse loca?

Ya empezaba a sentir que algo no funcionaba bien en su cabeza.

A lo mejor debería haber aceptado el ofrecimiento de John. ¿Por qué no lo había hecho? ¿Era solo porque la idea de acostarse con él la aterrorizaba? ¿Acaso le daba tanto miedo no estar a la altura de sus expectativas? ¿Por qué tenía tanto miedo cuando se trataba de John Mitchell?

Su mente atormentada finalmente volvió a esa película que habían visto, con esa conclusión tan absurda y cursi. Sin duda no tenía por qué tener miedo de que le ocurriera algo similar. Era ridículo pensar que pudiera llegar a enamorarse solo por irse a la cama con él.

Por enésima vez, se incorporó y le dio un puñetazo a la almohada antes de volver a tirarse sobre ella.

—Estoy cansada de todo esto –murmuró, mirando al techo–. Tengo que ir a trabajar por la mañana. Todo es culpa tuya, John Mitchell. Deberías haberte metido en tus asuntos. En realidad no quieres ser el padre de mi hijo. No quieres ser el padre de ningún hijo. ¿Por qué demonios hiciste una propuesta tan absurda? ¡No tiene sentido!

John, parado junto a la ventana de su habitación, estaba pensando algo parecido. Miraba hacia la casa de Scarlet, tal y como había hecho tantas y tantas veces cuando era un crío, deseando ir a jugar con ella, como hacían los otros chicos.

Una sonrisa seca le tiró de las comisuras. Allí estaba de nuevo, años después, deseándola todavía, pero de una forma muy distinta...

Su ofrecimiento había empezado siendo un gesto de generosidad, pero pronto se había convertido en un sentimiento guiado por las hormonas masculinas. La deseaba, desnuda, dispuesta, en sus brazos... Una fantasía... Solo tenía que recordar cómo había respondido cuando la había agarrado del brazo esa noche... Era evidente que no despertaba pasiones en ella. A lo mejor era por eso que había rechazado la oferta. Además, que el padre de su hijo fuera un egoísta egocéntrico, con una fobia al compromiso, no debía de ser una idea muy apetecible. Era mucho mejor decantarse por un completo extraño.

«Muy buena, John...»

De repente se encendió una luz en la casa de los King. John no sabía si era la habitación de Scarlet o no, pero sospechaba que sí. Estaba en vela, igual que él.

Se vio asaltado por otro recuerdo; el momento en que la había agarrado del brazo, cuando se habían marchado de la fiesta. Entonces ella no había huido de él... Y esa mirada que le había lanzado al verle en la estación... A lo mejor estaba sacando una conclusión errónea. A lo mejor había otra cosa que le preocupaba. A lo mejor estaba dando vueltas en la cama en ese preciso momento, deseando no haberle rechazado.

Quizá quisiera pensárselo de nuevo más adelante, pero no era de esperar que llegara a tomar una decisión al respecto rápidamente. Quedarse en casa, esperando a que ella cambiara de idea, no era un buen plan. Aunque acabara de darse cuenta de que todavía quería a su padre, tampoco tenía ganas de quedarse en casa tanto tiempo. Todavía lo encontraba difícil de soportar. Y ni siquiera se podía escapar a hacer surf. Los médicos le habían dicho que no podía practicar su deporte favorito hasta que tuviera mejor la pierna. Ya le había dicho a su madre que tenía un vuelo reservado para el día siguiente por la tarde... La había dejado que pensara que volvía a Brasil, pero en realidad se iba a Darwin.

¿Se llevaría Scarlet una decepción al ver que se marchaba tan repentinamente?

A lo mejor solo se llevaba un gran alivio. Pero tampoco podía preguntárselo ya.

¿Y si terminaba cambiando de idea respecto a la oferta? Tendría que saber cómo contactar con él, sin tener que preguntárselo a su madre.

Scarlet no haría algo así... La conocía muy bien. En realidad se parecían en unas cuantas cosas. Los dos eran muy orgullosos, y demasiado independientes para su propio bien.

Dándole la espalda a la ventana, se dirigió hacia la puerta y bajó las escaleras. La casa estaba silenciosa. Sus padres se habían ido a dormir un rato antes. Encendió la luz de la cocina y fue a mirar en el cajón donde su madre guardaba muchos bolígrafos, cuadernillos de notas y sobres de distintos tamaños. Tomó papel y bolígrafo y regresó a su habitación. Encendió la lámpara de la mesita de noche y se sentó a escribir. Tuvo que hacer varias pruebas antes de encontrar las palabras adecuadas, pero finalmente quedó satisfecho.

Querida Scarlet, cuando leas esto me habré ido ya. No a Australia, como cree mi familia. Tengo un apartamento en Darwin, donde siempre paso unas semanas en invierno. Esta vez, no obstante, tengo pensado quedarme más tiempo, pero, por favor, no se lo digas a nadie. Supongo que tienes intención de volver a probar con tu donante anónimo. Y tienes todo el derecho. Pero si no sale bien, quiero que sepas que mi oferta sigue en pie. No puedo prometerte un romance, pero sí te prometo que tendrás lo que creo que necesitas desesperadamente. Aquí tienes mi teléfono móvil para que puedas contactar conmigo esté donde esté. Un abrazo de tu amigo, John.

Añadió el número, metió la nota en un sobre y escribió el nombre de Scarlet en el dorso. Iba a echarle la carta en el buzón al día siguiente, cuando ya se hubiera ido al trabajo.

Para cuando llegara a casa, él ya se habría marchado.

Y entonces todo dependería de ella.

Capítulo 8

UN MES y un día más tarde.

No había funcionado. De nuevo. La desesperación más profunda se apoderó de Scarlet, inclinada sobre el asiento del váter. Tenía el estómago en un puño.

Tenía que tener algo malo. Porque no tenía sentido. La clínica había probado un procedimiento distinto esa vez. Le habían depositado el semen directamente en el útero, en vez de en el cérvix. Era un proceso más caro, pero había más posibilidades de concebir.

Una pérdida total de dinero.

Temía el momento de tener que decírselo a su madre. Pero no le quedaba más remedio. Ojalá no le hubiera dicho nada para empezar... Debería haberse ido a la clínica ella sola, en secreto. Así podría haberle evitado otra decepción... Su madre a veces fingía que le daba igual tener nietos, pero ella sabía que no era cierto. Muchas veces le había dicho lo mucho que le hubiera gustado tener una familia más grande.

Scarlet frunció el ceño. Si su madre había querido más niños, ¿por qué no los había tenido? Su padre había muerto cuando ella tenía nueve años... Respiró hondo. Era posible que su madre tampoco hubiera podido tener más niños. Pero si ese era el caso, ¿por qué no se lo había dicho nunca? A lo mejor eso la hubiera ayudado a saber por qué estaba teniendo tantos problemas para quedarse embarazada.

No podía ir a preguntarle en ese momento, no obstante. Estaban en la peluquería, trabajando. El miércoles siempre era un día muy ajetreado. No podría decirle nada hasta ir de camino a casa por la tarde.

En cuanto vio la cara triste y pálida de su hija, Janet supo que le había venido el periodo. Su corazón se encogió al verla forzar una sonrisa para un cliente.

—Ya lo sabes, ¿no, mamá? —le dijo Scarlet en cuanto se quedaron solas en el coche, de camino a casa. Había visto empatía en los ojos de su madre.

—Sí —dijo Janet, a punto de llorar, no por ella, sino por su hija.

—Mamá, he estado pensando. ¿Hubo algún motivo en especial por el que no tuviste más hijos?

Janet tragó con dificultad. Llevaba mucho tiempo esperando esa pregunta.

—Que yo sepa no —le dijo con sinceridad—. Me hicieron una revisión completa, igual que a ti. Un médico me dijo que tenía demasiadas ganas de quedarme embarazada. Me dijo que a veces el estrés y la tensión pueden ser un problema.

—Sí. He leído algo sobre ello. Es por eso que muchas parejas se quedan embarazadas después de haber adoptado un hijo —le dijo Janet—. Pero él... —se detuvo, incapaz de seguir.

—Oh, mamá... Lo siento mucho. Sé lo mucho que querías a papá.

Tras su muerte, solía oírla llorar desde su habitación... No era de extrañar que no hubiera vuelto a salir con nadie... Siempre había sido mujer de un solo hombre.

Scarlet sabía que nunca encontraría ese único amor verdadero. Pero sí se convertiría en madre, a toda costa. Llevaba toda la tarde pensando en la carta que John le había dejado un mes antes. Al leerla por primera vez, se había conmovido mucho. Había estado a punto de cambiar de idea; tan fuerte había sido el impulso de llamarlo... Pero, al final, no había tenido agallas suficientes. Era mucho más fácil no involucrar a otras personas, no enfrentarse al problema de acostarse con John. Además, el sexo no solía ser lo mismo para hombres y mujeres. Con la edad, cada vez le daba más miedo, cada vez confiaba menos en sí misma, cada vez se ponía más nerviosa.

Pero no era momento de andarse con remilgos. Si no aceptaba la oferta de John, seguramente acabaría arrepintiéndose... aunque quizá él ya había cambiado de idea al respecto...

–Mamá, creo que voy a hacer un viaje. Necesito unas vacaciones.

–Oh. ¿Adónde vas a ir?

–A algún sitio cálido. En Australia. No quiero irme al extranjero.

–Cairns es muy agradable en esta época del año.

–Estaba pensando en Darwin. Nunca he estado allí. Y siempre he querido ver Kakadu.

Aquello era una mentira. Había visto un par de documentales sobre los territorios del norte y lo cierto era que no estaba precisamente interesada en esas zonas húmedas con enormes insectos, búfalos y cocodrilos.

–¿En serio? –le preguntó su madre, sorprendida.

–Podría irme en un viaje organizado. Así tendría algo de compañía. Tú puedes arreglártelas sin mí, ¿no? Lisa estaría encantada de hacer más horas. Y Joanne también.

–Claro que puedo arreglármelas. Ya lo hice cuando te fuiste a trabajar como agente inmobiliario, ¿no? ¿Cuándo tienes pensado irte?

–Todavía no lo sé. Probablemente a finales de la semana que viene.

Scarlet sabía muy bien cuándo le tocaba ovular. Llevaba meses controlando su regla. Dos semanas después del comienzo del periodo era el momento ideal para la fecundación, así que tampoco tenía mucho sentido irse a Darwin antes. Además, tenía que aparentar que verdaderamente se iba de vacaciones, así que no podía irse solo durante unos días.

–¿Por cuánto tiempo piensas estar fuera?

–Um, una semana más o menos. A lo mejor diez días.

–¿Entonces no vas a ir a la clínica el mes que viene?

–No, mamá. He decidido tomarme un respiro en eso también.

Su madre pareció aliviada.

–Creo que es muy buena idea, cariño. Y estas vacaciones también. ¿Quién sabe? A lo mejor conoces a un hombre agradable.

–Nunca se sabe, mamá –dijo y cambió de tema rápidamente.

Siempre se le había dado bien sacar conversación, pero debajo de esa charla trivial ya empezaba a sentirse ansiosa... ¿Qué le diría John cuando lo llamara? Tenía intención de hacerlo en cuanto pudiera, pues si empezaba a posponerlo, a lo mejor no lo hacía al final.

En cuanto llegaron a casa, Scarlet fue a tumbarse un rato; una excusa para poder encerrarse en su habitación, a solas... Las manos le temblaban cuando sacó la carta de John de la mesita de noche. Él le había dado dos números, el móvil y el teléfono vía satélite. Se sentó en el borde de la cama y probó con el móvil primero. Daba timbre, afortunadamente. Hubiera sido mucho peor que comunicara.

–Por Dios, John, contesta de una vez –masculló para sí. El teléfono seguía dando timbre.

Cada vez más nerviosa, decidió no dejar ningún mensaje y optó por llamar al otro.

Casi rezando, marcó los números...

Capítulo 9

JOHN estaba echando unos cuantos leños más al fuego cuando oyó el timbre de su teléfono vía satélite. Frunciendo el ceño, entró en la tienda de campaña de una plaza, buscó el teléfono y volvió a salir. Había luna llena. John la miró un segundo antes de contestar.

–Hola, Scarlet –dijo, intentando sonar tranquilo; nada más lejos de la realidad.

Al principio había sentido un gran alivio al ver que ella no lo llamaba. En cuanto había aclarado un poco sus ideas, se había dado cuenta de que había sido una locura hacerle esa propuesta. Pero, a medida que pasaban los días, no podía evitar pensar en que volvería a casa por Navidad, y volvería a ver a Scarlet, esa vez embarazada de un extraño. Después de varias noches en vela, se había sentido tentado de llamarla. ¿Pero qué podía decirle que no le hubiera dicho ya? Era evidente que no le quería como padre de su hijo. Insistir hubiera sido una estupidez.

Y así, finalmente, no había hecho nada. Literalmente. No había intentado buscar trabajo en las empresas mineras. Tampoco se había ido a pescar, tal y como solía hacer cuando estaba de vacaciones en Darwin. No había hecho nada. Se había dedicado a deambular y a ver películas interminables en la tele; se había dedicado a pensar demasiado, y a beber más de la cuenta. Bianca le hubiera dicho que estaba huyendo de la vida real. Otra vez.

Al final, le había pedido a su compañero de pesca en helicóptero que lo dejara en aquel lugar aislado durante unos días, y había acampado solo. Nada aclaraba tanto la cabeza como estar en comunión con la Naturaleza. Y había funcionado, hasta cierto punto. Al final la decisión de ella había empezado a cobrar sentido. Al final había logrado encontrar algo de paz mental. O eso creía... Pero había bastado con una llamada de teléfono para hacer añicos esa ilusión.

–¿Cómo supiste que era yo? –le preguntó ella, sorprendida.

–El identificador de llamadas decía que llamabas desde New South Wales. Eres la única persona en ese Estado que tiene mi número.

–Oh. Ya veo.

De repente, John tuvo un pensamiento arrollador. ¿Y si le estaba llamando para decirle que por fin estaba embarazada? Era posible. A lo mejor había pensado que a él le gustaría saberlo.

–¿Por qué llamas, Scarlet? –le preguntó bruscamente.

Scarlet sintió que el corazón se le hundía al oír esa pregunta tan directa.

–Has cambiado de idea sobre la propuesta, ¿no? –le dijo ella.

La tensión que agarrotaba el estómago de John se disolvió de repente.

–En absoluto.

–¿En serio? –dijo ella.

Una esperanza renovada le invadía el corazón.

–Sí, en serio. ¿Y qué pasó, Scarlet? Teniendo en cuenta el tiempo que ha pasado desde la última vez que hablamos, supongo que habrás vuelto a la clínica para intentarlo de nuevo y que no funcionó.

–Hoy me vino el periodo –le confesó con un suspiro.

–Como te dije en la carta, mi oferta sigue en pie.

–Sé que a caballo regalado no se le mira el diente, John, pero todavía no me queda claro por qué haces esto por mí. Aparte del tema del sexo, claro. Pero eso tampoco lo entiendo muy bien. Quiero decir que... si siempre te he gustado, ¿por qué no hiciste nada al respecto antes?

Todas eran preguntas muy lógicas, pero John no sabía qué decirle. Tenía que decirle algo, no obstante. Ella no era ninguna tonta.

–¿Puedo serte franco?

–Por favor.

–No he hecho nada hasta ahora porque pensé que me rechazarías –le dijo con sinceridad–. Hasta que nos vimos de nuevo el mes pasado. Sin embargo, contrariamente a lo que crees, también me caes bien, Scarlet, y solo quería ayudarte a conseguir lo que más deseas, que es tener un bebé. Y, por muy extraño que parezca, también me gusta la idea de tener un hijo. Pero, si quieres que te sea del todo sincero, tengo que decir que lo que más me mueve es tenerte en mi cama, durante mucho más tiempo del que pasaste en esa maldita clínica cada mes.

El silencio de Scarlet al otro lado de la línea le dio una idea de cuál era el grado de su sorpresa.

–Vamos, Scarlet, tienes que saber lo preciosa e irresistible que eres.

Scarlet se sonrojó hasta la médula.

–Bien –la voz de John se relajó de nuevo–. ¿Cuándo puedes venir hasta aquí?

Scarlet tragó con dificultad y entonces se incorporó. Siempre se había sentido más cómoda teniendo un plan.

–Lo antes posible, he pensado.

–¿Qué te parece a comienzos de la semana que viene?

–Bueno, tendré que organizar unas cuantas cosas en el trabajo...

–Seguro que puedes resolverlo. Una vez hayas reservado el vuelo para la semana que viene, dime a qué hora llegas y estaré en el aeropuerto, esperándote. No me mandes el mensaje a este número. Mándamelo al móvil. Para entonces ya habré vuelto a Darwin.

Scarlet puso los ojos en blanco, exasperada.

–¿Dónde estás?

–Estoy de acampada en un parque nacional.

Scarlet había estado haciendo algunos cálculos mentales.

–Espera... La semana que viene es demasiado pronto. No puedo quedarme embarazada hasta una semana después. Nunca ovulo antes del día catorce. Lo sé muy bien porque me he estado tomando la temperatura todos los días durante el último año y...

–Scarlet... Si quieres quedarte embarazada, intentémoslo a mi manera.

–¿Y tu manera es...?

–Que no te tomes la temperatura todos los días, para empezar. Dejar de pensar en el periodo de ovulación... Porque es evidente que ese método no te ha funcionado muy bien hasta el momento, ¿no?

–Supongo que no.

–Te sugiero que me lo dejes todo a mí. Ponte en mis manos. Nada de discusiones, ni peros.

–Sí –dijo ella. No tenía más remedio que aceptar.

–Bien –dijo él, sonriendo.

Ella no tenía costumbre de decir la palabra «sí», pero tendría que acostumbrarse a decirla mucho durante el tiempo que pasaran juntos. No le quedaría más remedio...

Capítulo 10

COMO tenía un asiento junto a la ventana y estaba demasiado aturdida como para leer, Scarlet pasó la mayor parte del viaje a Darwin contemplando el paisaje. No había nubes en el cielo, y no había nada que empañara la maravillosa vista. Australia era un país enorme, desierto y desconocido... La última frontera, como decían muchos.

Nunca había sobrevolado la zona central del país, nunca había estado en aquella vasta expansión llena de misterio. Sus vacaciones, antes de la muerte de su padre, consistían básicamente en viajes a Sídney y a Gold Coast. Una vez habían ido a Blue Mountains y habían visitado Three Sisters y Jenolan Caves. Después de la muerte de su padre, no obstante, su madre y ella habían pasado muchos años sin ir de vacaciones, y al final habían empezado a ir a Fiji todos los años, porque estaba muy cerca y los viajes eran baratos.

No había estado nunca en Darwin, pero sí conocía un poco el lugar. Se había pasado la semana anterior leyendo cosas sobre el lugar en Internet. No le gustaba quedar en evidencia y, hasta ese momento, su conocimiento sobre la capital de los territorios del norte era bastante superficial y limitado. Sabía, sin embargo, que Darwin había sido asolado por un ciclón en los setenta, el día de Navidad. Habían tardado mucho tiempo en reconstruir la ciudad, pero con el tiempo había llegado a ser una ciudad minera próspera, meca del turismo, la entrada al parque nacional de Kakadu y a muchos otros lugares importantes de la cultura aborigen. Al ser una ciudad costera, en el extremo norte del país, tenía un clima muy cálido y húmedo en el verano y templado en invierno.

De repente anunciaron que el avión empezaba a descender y a prepararse para el aterrizaje. Scarlet sintió que se le encogía el estómago. Si no hubiera estado tan nerviosa, quizá habría podido dejar de pensar en lo que iba a hacer en Darwin.

John, John, John.... Todos sus pensamientos iban en una única dirección. Buscando algo en que distraerse, se dedicó a mirar por la ventana. El rojo y marrón de la Australia profunda había dado paso a una vegetación exuberante y verde, con muchos árboles y agua a la izquierda. Parecía el puerto, pero no podía ser el puerto de Darwin. No había casas junto a la orilla, ni tampoco muchos barcos en el agua. Un jet comercial siempre tardaba mucho en aproximarse al aeropuerto, así que no podían estar sobre Darwin aún.

Cuando el avión se inclinó hacia un lado bruscamente, Scarlet se vio cegada momentáneamente por el sol de poniente. Cerró los ojos de golpe y los apretó con fuerza. El aterrizaje siempre la había inquietado mucho, aunque en esa ocasión las cosas que la inquietaban eran más bien otras.

El aterrizaje pareció durar una eternidad, pero no tardó mucho en desembarcar. Por suerte, su asiento estaba muy cerca de la salida. Cruzó la pista hacia el edificio de la terminal... Lo único en lo que podía pensar era que a cada paso que daba se acercaba más y más a John.

Él estaba junto a una ventana, en la zona de llegadas,

mirando a los pasajeros mientras desembarcaban. Vio
a Scarlet enseguida. Llevaba unos vaqueros, una chaqueta blanca y un top blanco y azul debajo. Estaba maravillosa, preciosa... y muy tensa. Con el ceño fruncido,
andaba a toda prisa, con ansiedad. Claramente, no le vio
allí parado, aunque no hacía más que mirar a su alrededor. Cuando él dio un paso adelante y fue a su encuentro, ella esbozó una sonrisa tensa. Era evidente que estaba muy nerviosa. La llevó hasta el aseo más cercano
cuando ella se lo pidió y esperó pacientemente a que saliera. Solo había una forma de describir lo que sentía.

Se sentía... expectante, como no lo había estado en
mucho tiempo. No solo se trataba del tema sexual, aunque eso también era importante. Pero había algo más...
La expectación que venía después de aceptar un desafío.

Durante la semana anterior había tenido mucho
tiempo para pensar por qué hacía lo que hacía. Finalmente había llegado a la conclusión de que le había hecho esa propuesta para satisfacer su ego de macho. No
había nada misterioso ni confuso en ello. Era el espíritu
competitivo lo que le movía. Él, John Mitchell, iba a hacer lo que ningún otro hombre había hecho nunca. Ese
deseo tan intenso de darle un bebé a Scarlet no era solo
sexual; era algo primario. Era ese viejo impulso del hombre, el impulso de procrear, de reproducirse...

Scarlet había acertado de pleno cuando le había dicho
que lo de tener niños era tan importante para las mujeres
como para los hombres. Era cierto.

Scarlet se sentía mucho mejor cuando salió del aseo.
Había tenido tiempo de cepillarse el pelo y de quitarse
la chaqueta. John seguía allí parado, y con solo verle,
sentía mariposas en el estómago. Todavía no se había

acostumbrado a la idea de verle tan sexy. Estaba tan atractivo con esos pantalones cargo y el polo blanco, que le realzaba el bronceado...Tampoco lograba acostumbrarse a la forma en que él la miraba... Respirando hondo, Scarlet se colgó el bolso del hombro y fue hacia él, plenamente consciente de su movimiento lento, su respiración acelerada, la caída y subida de los pechos... De repente se dio cuenta de que se estaba ruborizando. Por suerte, él se había acercado a la cinta transportadora que sacaba el equipaje.

—¿Cómo es tu maleta? —le preguntó, mirándola por encima del hombro.

—Es negra, con un enorme lazo rosa atado al asa. Ahí está —añadió, señalando.

John fue hacia allí, recogió la maleta de la cinta. Al sentir el peso, levantó las cejas.

—Solo te pedí que vinieras durante diez días, Scarlet... —le dijo en un tono bromista, dirigiéndose hacia la salida—. No para siempre.

—No me gusta irme a un sitio y encontrarme con que llevo poca ropa o prendas inadecuadas.

—Bueno, a mí no me pasa mucho.

—Pero tú eres un hombre.

—Y eso es bueno —le dijo él con una sonrisa pilla.

Scarlet se detuvo de golpe y lo miró.

—¿Qué? —le preguntó él.

—¿Te conozco de algo, John Mitchell? Pensaba que sí. Pensaba que te tenía calado; creía que eras ese chico introvertido, antisocial, que se había convertido en un adulto irritante y cascarrabias. Y ahora, de repente, descubro que no eres así en absoluto. Eres ingenioso, encantador y... y...

—A lo mejor es que nunca llegaste a conocer muy bien a John Mitchell...

–Es evidente que no. ¿Qué otras sorpresas tienes para mí?

–¿Vamos a verlo? –le dijo, tomándola del brazo y llevándola hacia el aparcamiento.

El todoterreno no fue ninguna sorpresa, pero el papel que se encontró en el asiento del acompañante sí que lo fue. Era un informe médico.

Scarlet sacudió la cabeza.

–Es todo un detalle, John.

–No quería que tuvieras que preocuparte de nada. No iba a ofrecerte menos de lo que tenías en esa clínica. Estoy seguro de que tu donante anónimo tenía algo parecido.

–Sí. Sí. Lo tenía –dijo ella, frunciendo el ceño–. Debería habértelo pedido, pero no lo hice. Fue una tontería por mi parte.

–No es ninguna tontería. Eres humana. Últimamente has estado muy ocupada. Pero al final te habrías acordado, y te hubieras preocupado. Ahora ya no tienes que hacerlo.

–No –dijo ella, y volvió a sonreírle–. Ya no. Gracias de nuevo, John. Por todo.

–No me santifiques todavía, Scarlet.

–Ya –le dijo ella, lanzándole una de sus miradas más típicas–. En el futuro trataré de no ponerte en un pedestal.

–Bien pensado.

Cuando salieron del aeropuerto, el sol ya se había puesto y solo debían de faltar unos minutos para el anochecer. Aunque las carreteras que llevaban a la ciudad estaban bien iluminadas, no era fácil ver muchas cosas de la ciudad durante un viaje en coche, así que John no se molestó en enseñarle nada. En cuestión de unos diez minutos ya estaban entrando en Central Business District, mucho más pequeño que el de Sídney.

–Todo parece tan limpio y ordenado –dijo Scarlet, mientras subían por Stuart Street y giraban a la izquierda, rumbo a Esplanade, una de las mejores calles de Darwin, según pensaba John. Estaba justo al lado de la zona comercial, frente al mar, lo cual significaba que se podía disfrutar de una puesta de sol magnífica y de la brisa marina.

Su apartamento estaba situado hacia el final de la calle, en un edificio de varias plantas con paredes gris y azul. Había muchos balcones que daban al mar, todos ellos con paneles de cristal enrejados negros.

El garaje estaba en el sótano. John tenía dos plazas. Scarlet le miró en cuanto subieron el ascensor. Él apretó el botón del último piso.

–¿Vives en un ático?

–No exactamente. Los áticos suelen ocupar todo el último piso. Hay dos apartamentos del mismo tamaño. Yo vivo en uno de ellos.

Ella guardó silencio. John la condujo al apartamento.

–Realmente eres muy rico, ¿no?

–No me falta.

–¿Para qué?

Él se encogió de hombros.

–No tendré que trabajar durante el resto de mi vida si no quiero. Aunque, evidentemente, sí que lo haré.

Ella volvió a sacudir la cabeza.

–Este lugar debe de haberte costado una fortuna.

–No creas. Lo compré antes de que fuera construido, hace unos años.

–¿Escogiste los muebles?

–Dios, no. No tengo gusto para eso. Me lo decoraron y amueblaron. ¿Quieres ver el resto de la casa?

–Sí, por favor.

John le enseñó todas las habitaciones. La última era

el dormitorio principal. De repente, Scarlet no pudo evitar imaginarse a sí misma tumbada en esa cama inmensa, desnuda, mientras John le hacía toda clase de cosas inimaginables.

–Te has quedado muy callada –le dijo él de repente, desde detrás–. ¿Ocurre algo?

–En absoluto –le dijo, forzando una sonrisa–. Este lugar es maravilloso, John.

–¿Pero...?

–¿Pero qué?

–Sabía que había algún «pero...»

Scarlet decidió tomar el toro por los cuernos, en un intento por acabar con la tensión que la atenazaba.

–Me preguntaba si esperas que venga aquí esta noche.

John se sintió tentado de decir que sí durante un instante.

–Pensaba que estarías demasiado cansada –le dijo, haciendo todo lo posible por ignorar la reacción de su propio cuerpo.

Ella sonrió.

–Cuando algo me pone nerviosa, me gusta terminar con ello cuanto antes.

–No tienes motivo para estar nerviosa.

Scarlet se rio.

–No tienes ni idea.

–No tengo ni idea... ¿De qué?

Ella hizo una mueca.

–Debería habértelo dicho antes.

–¿Decirme qué?

–Creo que soy un poco frígida.

La sorpresa de John debió de vérsele en los ojos. Scarlet apartó la mirada rápidamente.

–Esto es muy embarazoso.

Él guardó silencio un momento. La agarró de la barbilla y la hizo volverse hacia él. Dudaba mucho que fuera tan frígida... Había visto pasión en ella... demasiadas veces...

–Vayamos paso a paso –le dijo suavemente, mirándola a los ojos–. Te gusta que te besen, ¿no? Cuando estás con un hombre que te gusta, ¿verdad?

Ella parpadeó y entonces asintió. Pensó que él iba a besarla, pero no lo hizo. La soltó y deslizó las yemas de los dedos sobre su labio inferior, adelante y atrás, dibujando la forma de su boca una y otra vez. Scarlet no tardó en sentir un cosquilleo en los labios... El corazón le latía sin control y solo deseaba que él la besara... Trató de respirar... Abrió los labios... Y, por fin, en ese momento, él hizo lo que tanto deseaba... La besó.

Fue un beso como nunca antes había experimentado; comedido, pero extraordinariamente excitante. Le sujetó las mejillas con ambas manos y le acarició los labios, hinchados. Scarlet gimió. Y entonces fue cuando la besó con ansia, manteniéndole los labios separados para meterle la lengua dentro.

A Scarlet le daba vueltas la cabeza. No podía pensar con claridad, pero tampoco le importaba. Lo único que quería era que John siguiera besándola. Pero él no lo hizo. Se apartó, bruscamente.

–Entonces entiendo que... me encuentras atractivo.

Ella le fulminó con una mirada.

–Eres un bastardo arrogante, John Mitchell...

Él sonrió.

–Y tú eres increíblemente preciosa, Scarlet King.

Ella arrugó los labios, haciendo un gesto desafiante.

–Y tampoco creo que seas frígida en absoluto.

–¡Oh! –exclamó ella–. De verdad que eres el tipo más prepotente que he conocido jamás...

–Pero soy atractivo –le recordó él, sin inmutarse.

Ella no pudo evitar reírse.

—¿Pero qué voy a hacer contigo? —le dijo sin pensar.

John arqueó las cejas. Los ojos le brillaban.

Scarlet arrugó los párpados.

—No te atrevas a decir nada más. Bueno, me voy a deshacer la maleta en una de las habitaciones de invitados. Me gustaría quedarme en la habitación de las flores color turquesa, si no te importa. Mientras tanto, no tendrás nada de comer por aquí, ¿no?

—Desafortunadamente, cocinar no se me da nada bien, así que lo mejor que puedo ofrecerte esta noche es comida preparada. Conozco muchos restaurantes asiáticos que sirven en menos de media hora. ¿Qué prefieres? ¿Chino, tailandés o vietnamita?

—No soy muy exigente. Tú elijes.

—Entonces tailandés —le dijo al tiempo que entraban en el salón—. Nos vemos aquí cuando estés lista. He comprado vino y aperitivos.

Scarlet estuvo a punto de decirle que no solía beber mucho, que solo se había sentido indispuesta ese día. Pero tampoco quería sacar el tema de su incapacidad para concebir un niño. Durante un rato, se le había olvidado.

Y también había olvidado llamar a su madre.

—Tengo que llamar a mi madre lo primero —dijo, sintiéndose terriblemente culpable—. Quiero decirle que he llegado bien.

—Sí, claro. Adelante. Yo voy a llamar al restaurante. Y... Scarlet...

—¿Qué?

—Puedes relajarte un poco. Te prometo que no te obligaré a hacer nada que no quieras —esbozó una sonrisa pícara—. A menos que me supliques, claro...

Capítulo 11

JANET King, preocupada, agarró el teléfono en cuanto empezó a sonar. En cuanto vio el número de su hija en la pantalla, sintió un gran alivio. Había pasado toda la tarde angustiada, en la peluquería. A Scarlet nunca le había gustado montar en avión, y no la había llamado al llegar.

–Hola, mamá –le dijo Scarlet antes de que pudiera decir nada–. Tranquilízate. El avión no se cayó y ya estoy en el hotel, sana y salva.

–Ojalá me hubieras llamado desde el aeropuerto –dijo Janet sin más–. Estaba muy preocupada.

Nada más decirlo, se arrepintió. No le gustaban las madres que les hablaban a sus hijos como si fueran niños. Eso los ponía en una situación penosa.

Scarlet reprimió un suspiro.

–Lo siento. Quería llegar al hotel antes de llamarte.

–Más lo siento yo, cariño. Te has ido a descansar y mírame... Ya te estoy haciendo sentir culpable. Te prometo que no te fastidiaré más. Y no tienes que llamarme todo el tiempo. Pero, sí, sí que me gustaría saber algo del hotel. ¿Es bonita la habitación?

Scarlet se sentó en uno de esos enormes sofás de cuero negro. Era tan suave y confortable.

–Mucho –dijo, recostándose–. Tiene todas las comodidades y vistas al puerto.

–No me dijiste cuánto te costó.

Scarlet hizo una mueca, pensando en todas las mentiras que estaba diciendo. Las cosas podían llegar a complicarse mucho.

–En realidad, no solo reservé una habitación, mamá. Es un apartamento.

–¡Dios mío! Tú no sueles ser tan derrochadora, Scarlet, a menos que se trate de ropa. No es que me queje... No. Te mereces darte algún capricho después de todo lo que has pasado.

En ese preciso momento, John entró en el salón, con una copa de vino blanco en la mano. Se la dio. Ella le dio las gracias moviendo los labios y se llevó la copa a la boca. De repente tenía la sensación de que iba a necesitar una copa o dos antes de que terminara el día.

–Tendrás que mandarme alguna foto –le dijo su madre.

Scarlet bebió un sorbo de ese vino frío y exquisito y trató de pensar cómo podría evitar tener que mandarle fotos. A lo mejor podía enviarle alguna de las vistas, de la habitación de invitados, del cuarto de baño... Pero no en ese momento.

–Te las mando mañana, ¿de acuerdo? Estoy exhausta. Solo quiero darme una ducha e irme a dormir.

–¿Y no vas a comer nada?

–No me moriré de hambre, mamá. Hay comida en la cocina –le dijo. Y era cierto. John le había enseñado la alacena, que iba desde el suelo al techo–. Incluso hay una botella de vino blanco en el frigorífico.

Levantó su copa e hizo el gesto de un brindis, mirando a John. Él se había sentado a su lado. Le devolvió la sonrisa y estiró los brazos por encima del sofá. Estaba increíblemente sexy.

Apartó la vista bruscamente y se concentró en la conversación con su madre.

–Bueno, ¿cómo te las has arreglado sin mí hoy?

–Bien. Aunque ninguna de las chicas tiene mucha maña con los tintes. Sospecho que muchos de tus clientes van a esperar a que regreses para teñirse. De todos modos, solo vas a estar fuera diez días. No es una eternidad. Estoy segura de que sobrevivirán.

–Seguro que sí. Tengo que dejarte, mamá. No hago más que bostezar. Te llamaré mañana por la noche.

–Eso me gustaría. Así me cuentas lo que has estado haciendo.

Scarlet tragó con dificultad y lo miró. ¿Querría hacer el amor por la mañana, a plena luz del día? ¿O acaso esperaría hasta el día siguiente por la noche?

–Yo... er... No creo que haga muchas cosas mañana. Creo que solo daré un paseo por la ciudad, a lo mejor compro un poco de comida. No me apetece ir a cenar por ahí sola, así que prefiero cocinar.

–Eso suena bien. Buenas noches, cariño. Te quiero.

–Yo también, mamá. Adiós –después de colgar, Scarlet bebió un buen sorbo de vino y miró a John.

–¡Madres! –dijo con una mezcla de exasperación y afecto.

–Solo quieren lo mejor para nosotros.

–¿Pero? –Scarlet sonrió–. Estoy segura de que he oído algún «pero» –le dijo, recordándole sus propias palabras.

Él esbozó una sonrisa.

–Creo que tú eres la inteligente aquí, Scarlet. No yo. Pero, no. No hay «peros». Las madres siempre serán madres. No importa la edad de los hijos. Solo tienes que aprender a escapar de su control sin que se den cuenta, sin que sepan lo mucho que lo odias.

–Pero yo no lo odio. No como tú. Yo creo que la preocupación de mi madre se debe a que me quiere. No creo que trate de controlarme.

Él encogió los hombros.

—No todas las madres son iguales y tengo que admitir que la tuya es particularmente simpática y agradable.

—Y la tuya también.

—Cierto. Pero la mía está casada con mi padre.

Scarlet ladeó la cabeza y lo miró...

—Siempre he querido preguntarte por qué odias tanto a tu padre. Quiero decir que... Sé que no es muy sociable precisamente, pero aun así es tu padre.

—No sigas por ahí, Scarlet, por favor.

—¿Por dónde?

—No empecemos con un interrogatorio.

—Solo siento curiosidad por la relación que tienes con tu padre. No tengo intención de interrogarte sobre tu vida.

—Bien. Porque yo no tengo intención de contestar a esas preguntas —cruzó los brazos, adoptando una actitud beligerante.

—Pero qué agradable eres.

—No. En realidad no lo soy. Soy exactamente lo que me dijiste antes. Cascarrabias y antisocial.

Scarlet sintió que le empezaba a subir la tensión.

—Por favor, no vayamos por ahí tampoco.

—¿Por dónde? Si es que te puedo preguntar.

—Por ese camino de «regreso al futuro», en el que nos peleamos todo el tiempo y terminamos estropeándolo todo. Créeme cuando te digo que no me interesa en absoluto tu vida privada. Sé que al principio te dije que sí, pero he cambiado de idea. Me da igual dónde hayas estado todos estos años, lo que hayas hecho, con quién te has acostado... Y tampoco me importa nada cuánto dinero tienes. Lo único que me importa es que esto funcione... ¡Y que podamos fabricar un bebé!

De repente se dio cuenta de que le estaba gritando, pero él sonreía.

–Siempre se te han dado muy bien las rabietas.

Scarlet no quiso devolverle la sonrisa. Todavía estaba muy enfadada. Bebió otro sorbo de vino y se le fue directamente a la cabeza. Tenía que comer algo. Pronto.

Como si estuviera todo preparado, alguien tocó el timbre del telefonillo que daba acceso al edificio. Con un poco de suerte sería el repartidor del restaurante tailandés.

–Salvados por la campana –dijo John y se levantó–. Debe de ser la cena –dijo y se dirigió hacia la puerta de entrada.

Apretó el botón del telefonillo y preguntó quién era.

–Pedido para John Mitchell.

–Bajaré a buscarlo.

Scarlet se quedó sentada, un poco preocupada por el futuro. Tenía que dejar de pensar. Se terminó la copa, fue a la cocina, y se sirvió otra. Regresó al salón y le esperó.

Él volvió con unos recipientes que olían de maravilla.

–Vamos a comernos esto a la cocina. A menos que quieras que nos sentemos a la mesa...

–No creo que tengamos tiempo para eso –Scarlet se puso en pie. La habitación le dio vueltas–. Si no como algo en los próximos cinco minutos, me voy a emborrachar.

–¿Con una sola copa de vino?

–Me serví otra cuando bajaste.

–¡Pero qué borracha te has vuelto!

–¡Deja de burlarte de mí y ve a servir la comida!

–¿Puedes llegar a la cocina tú sola o quieres que te lleve en brazos?

Ella puso los ojos en blanco.

–Creo que puedo llegar sola.

—Qué pena. Siempre he querido tenerte en mis brazos.

—¡Mentiroso!

Él suspiró con un aire melodramático.

—Oh, Scarlet, ¿pero qué voy a hacer contigo?

—Con un poco de suerte, podrás darme de comer.

Capítulo 12

JOHN seguía sentado en la cama, viendo la televisión. Eran las once y cuarto. Estaba viendo un documental que en otras circunstancias le hubiera resultado muy interesante. Pero su mente no hacía más que divagar. La única razón por la que tenía la televisión encendida era que no podía dormir. No podía dejar de pensar en Scarlet.

Se arrepentía de haber pospuesto lo de hacer el amor hasta el día siguiente. Su deseo no había hecho más que crecer con cada minuto que pasaba a su lado. Incluso cuando ella se ponía respondona o arisca, la deseaba. En realidad, cuanto más respondona y arisca se ponía, más la deseaba. Todo era muy retorcido. No podía esperar hasta el día siguiente. Pero no tendría más remedio que hacerlo. No podía irrumpir en su dormitorio a esa hora y pedirle que cumpliera con el trato, sobre todo porque debía de estar profundamente dormida.

La cena había pasado en un abrir y cerrar de ojos. Scarlet le había dicho que estaba agotada y él la había escuchado en la ducha mientras recogía la cocina, sometido a un bombardeo constante de imágenes de ella, bajo el chorro de agua caliente que corría por sus hombros, su espalda... La imagen no tardó en convertirse en una fantasía sexual. En su mente podía verla dándose la vuelta, de forma que el agua le caía sobre la cara. Echaba atrás la cabeza y arqueaba la espalda, sus pechos quedaban bajo el chorro... De repente contenía el aliento cuando el agua le caía sobre los pezones duros.

Pero en el sueño no estaba sola. Él estaba allí con ella, justo detrás, observándola y esperando. No por mucho tiempo. Ella le daría una pastilla de jabón y le diría que la lavara. Y él lo haría, lentamente. Era delicioso, decadente... Era maravilloso oírla gemir, abrir las piernas, invitarle a entrar.

Desafortunadamente ella había cerrado el grifo en ese preciso instante, interrumpiendo así la fantasía.

John se dio una ducha de agua fría. Necesitaba espabilarse. Pero el efecto no le duró mucho... Al meterse en la cama, poco después de las ocho y media, pensó en hacer algo al respecto... pero entonces abandonó la idea al recordar que Scarlet necesitaba lo mejor de él, no un compañero sexual. Necesitaba lo mejor de él, o de cualquiera. Cualquiera le valía. No tenía sentido fingir que era especial para ella. Era una estupidez molestarse por ello. El ego masculino no tenía sentido alguno.

De repente alguien llamó a su puerta. El corazón casi se le salió del pecho. Era absurdo. Solo podía ser ella.

—Entra —le dijo—. Estoy despierto todavía —añadió, aunque no era necesario.

Podía ver la luz por debajo de la puerta, y oír la televisión. De no haber sido así, no hubiera llamado. Durante una fracción de segundo, John se dejó llevar por otra fantasía, una en la que ella no era capaz de dormir y había ido a seducirle vestida con un camisón muy provocativo.

Pero ese sueño no duró mucho. La puerta se abrió y ella apareció vestida con la ropa menos sensual que podía imaginarse. No era que ese pijama de lunares rosa fuera feo, pero en la oscuridad de la noche, con la cara limpia y el pelo recogido en una coleta, parecía aquella chica de dieciséis años que recordaba.

—Siento molestarte, John —le dijo, algo avergonzada—. Pero me he despertado con un terrible dolor de cabeza. He buscado en todos los armarios del baño, y en la cocina, pero no encuentro analgésicos.

—¿En serio? Pensaba que había guardado unos cuantos en el armario que está encima de la nevera.

—Oh, no miré en ese. Estaba demasiado alto.

—No importa. Tengo más en el armario de mi cuarto de baño. Voy a buscarlos.

Scarlet se puso tensa cuando él se quitó las sábanas con las que estaba tapado, temerosa de encontrárselo desnudo. Parecía desnudo, apoyado contra una montaña de almohadas. Por lo menos no llevaba nada de cintura para arriba. Afortunadamente, por abajo sí que llevaba unos bóxer negros de cintura baja.

—¿Qué necesitas? —le dijo por encima del hombro, yendo hacia el cuarto de baño—. ¿Paracetamol o algo más fuerte?

—Algo que no tenga codeína. Me da ganas de vomitar.

—Entonces paracetamol —le dijo al volver, con dos tabletas en una mano y un vaso de agua en la otra—. Bébete toda el agua —añadió, dándoselo todo—. El vuelo y el alcohol deben de haberte dejado deshidratada.

Scarlet le obedeció, mirando la televisión mientras bebía el agua. Era mejor que mirarlo a él.

—Gracias —le dijo finalmente, devolviéndole el vaso—. Siento haberte molestado.

—No es ninguna molestia. No. No te vayas —añadió de una forma un tanto abrupta cuando ella dio media vuelta—. Quédate a ver la televisión un rato conmigo. Hasta que se te pase el dolor.

Scarlet no pudo sino admitir que se sentía tentada. Se volvió hacia él y entonces miró la televisión.

—¿Podemos ver algo que no sea sobre pesca?

—Claro. Toma el mando. Hay un montón de canales para elegir.

—¿Pero dónde me siento?

Había un sofá de dos plazas contra la pared, pero estaba justo debajo de la televisión.

—A mi lado, en la cama. Claro.

Ella se lo quedó mirando, sabiendo muy bien lo que pasaría si se acostaba en esa cama.

—Te prometo que no te tocaré, Scarlet —le dijo, mirándola fijamente—. A menos que quieras que lo haga.

Scarlet sacudió la cabeza lentamente.

—Ya no sé lo que quiero.

—Eso es porque piensas demasiado en todo. Es hora de dejar que la naturaleza siga su curso. Me encuentras atractivo, ¿no?

Ella le miró de arriba abajo una vez más.

—Sí —le dijo, casi ahogándose.

—¿Y te gustó que te besara antes?

—Sí.

—¿Qué tal el dolor ahora?

—¿Qué? Oh, eh, mejor.

—En unos diez minutos te sentirás muchísimo mejor, sobre todo si te acuestas en mi cómoda cama y me dejas que te acaricie el pelo.

—Acaríciame el pelo —repitió ella automáticamente.

Un escalofrío de lo más erótico le recorrió la espalda.

—Tendrás que soltarte esa coleta, claro. Espera... Ya lo hago yo.

Se puso detrás de ella y le quitó el coletero, soltándole el cabello sobre los hombros.

—Así —añadió. La llevó a la cama y echó atrás las mantas.

De repente la tomó en brazos.

Scarlet contuvo el aliento. El movimiento había sido tan repentino. Automáticamente levantó los brazos y le rodeó el cuello, parpadeando, mirándolo a los ojos.

–Siempre he querido hacer que el mundo se tambaleara bajo tus pies –le dijo en un tono irónico–. Y no digas nada sarcástico ahora, Scarlet, por favor. Sé que lo estás deseando. Lo veo en tus ojos. Pero no es momento de echar un pulso. Es momento de que confíes en mí.

Scarlet pensó en lo extraña que era la situación. Frunció el ceño.

–Todavía te está molestando el dolor de cabeza, ¿no? –le preguntó él, dejándola sobre la cama–. Creo que, dadas las circunstancias... –rodeó la cama y se acostó a su lado–. Ver la televisión no es buena idea –agarró el mando y apagó el aparato–. Lo que necesitas es cerrar los ojos y relajarte.

Se inclinó sobre ella y vio que todavía tenía los ojos abiertos.

–Scarlet King, tienes un problema con la autoridad, ¿no? ¡Cierra los ojos!

En otra época, probablemente le hubiera aguijoneado con su incisiva ironía, pero en ese momento estaba demasiado nerviosa y preocupada como para mantener su nivel de sarcasmo habitual. Además, estaba demasiado excitada, deseando que él la tocara, aunque solo fuera una caricia en la cabeza. Las cosas no iban a terminar ahí. De eso estaba segura.

Cerró los ojos, contuvo la respiración, esperó con emoción a que empezara el juego de seducción...

Capítulo 13

CUANDO los dedos de John entraron en contacto con su frente, Scarlet se puso tensa. Cuando se enredaron en su pelo, apretó los dientes. Tuvo que hacer un gran esfuerzo por no gritar, pero finalmente lo consiguió.

Su madre solía acariciarle la cabeza cuando era pequeña y estaba enferma. El tacto de su mano era suave, la calmaba... El roce de las manos de John también era suave, pero no tenía ese mismo efecto relajante, porque estaba demasiado rígida. No. No estaba rígida; estaba excitada... Era imposible relajarse teniendo los pezones duros como piedras, con un cosquilleo insoportable. En cuestión de segundos, ya no deseaba que le tocara la cabeza, sino otras partes de su cuerpo. Los pechos. El abdomen. Los muslos. El dolor de cabeza casi se le había quitado y había sido sustituido por un deseo arrebatador que resultaba tan exuberante y decadente como la lujosa habitación en la que estaba. Scarlet apenas podía entender lo mucho que deseaba que John le quitara la ropa. Ya no le importaba si él pensaba que tenía los pechos demasiado pequeños. Quería sentir sus manos sobre ellos. Su boca... Si hubiera tenido agallas, le habría dicho lo que deseaba. Pero ella nunca había sido atrevida en la cama. Al mismo tiempo, no obstante, sentía que tenía que decir algo, cualquier cosa... Algo con lo que pudiera darle a entender que podía seguir adelante...

–Se me ha quitado el dolor.

John se detuvo. Scarlet abrió los ojos, a ver si así entendía lo que estaba pensando.

No tuvo mucho éxito... Debería haber sabido que no podría leerle la mente. John nunca había sido un libro abierto precisamente.

–A lo mejor debería volver a mi habitación –le dijo, intentando que no se le notara la angustia.

John soltó el aliento con exasperación.

–Creí haberte dicho que no le dieras tantas vueltas a las cosas. Quédate donde estás, Scarlet.

–¿Me quedo?

–Sí. Deseas esto tanto como yo. Si no fuera así, no te habrías quedado. Me habrías mandado al infierno, y habrías vuelto a tu habitación. Te conozco lo bastante como para saber que eres muy testaruda. Nunca haces nada que no quieras hacer. Quieres que te haga el amor, Scarlet, así que.... ¿Por qué no lo admites de una vez?

Ella le fulminó con la mirada.

–Supongo que no tiene sentido hacerte esperar –le dijo con desdén–. No si estás tan desesperado. Ya casi es mañana... Pero tampoco te vayas a creer que lo estoy deseando como una loca.

Él sonrió.

–Ya veremos, Scarlet. Ya veremos...

Scarlet trató de pensar en algo inteligente y mordaz, pero el cerebro se le había bloqueado por completo nada más sentir su mano sobre el botón superior del pijama. Contuvo la respiración mientras él se lo desabrochaba. Por suerte no la estaba mirando a la cara y no podía ver su expresión de estupefacción. Lentamente John fue por el siguiente botón, y después por el siguiente... hasta abrirle los cinco botones... Para cuando terminó de abrirle la parte superior del pijama, ella apenas podía respirar. Trató de recobrar el aliento... Él levantó la vista.

—¿Quieres que pare?

Ella sacudió la cabeza.

—Bien —dijo él—. Porque creo que no podría.

Al verle admitir lo intenso que era su deseo, Scarlet dejó de preocuparse tanto por ese arranque incontrolable de lujuria que parecía haberse apoderado de ella. No era propio de ella desear tanto a un hombre. Era toda una sorpresa, pero no era desagradable. Había algo mágico en la idea de hacer el amor con la idea de concebir un bebé. Era mucho mejor que lo que había estado haciendo en la clínica.

—Ya te lo estás pensando de nuevo —le dijo John con suavidad—. Tienes que dejar de hacer eso, Scarlet. Céntrate en lo que estoy haciendo, y ya está.

No tenía que decírselo dos veces.

Le abrió la parte superior del pijama, dejándole los pechos al descubierto.

—Eres tan hermosa —murmuró, agarrándole el pecho de la izquierda y llevándose el pezón a los labios.

Pero no se lo chupó como solían hacer otros, como si se estuvieran bebiendo su cerveza favorita a través de una pajita que resultaba demasiado pequeña. Al principio no se lo chupó en absoluto, sino que empezó a lamerlo, lenta, lascivamente, hasta hacerla gemir de frustración. Se lo mordisqueó, lo atrapó entre dos dientes y tiró de él, lanzando una descarga de placer que la atravesó de un lado a otro. Cuando volvió a hacerlo, ella se echó hacia un lado, sacándole el pezón caliente de entre los labios. Habría protestado de nuevo si él no la hubiera acorralado contra la almohada. La hizo callar con un beso; nada que ver con el beso que le había dado antes. Fue un beso duro y hambriento; un beso que borró todos sus pensamientos a una velocidad vertiginosa. No paró de besarla hasta dejarla embelesada, hechizada. Le quitó la ropa lentamente y empezó a hacerle todas esas cosas que tanto había imaginado.

Pero esa vez era de verdad... Estaba allí tumbada, con los brazos y las piernas extendidos, mientras él besaba cada rincón de su cuerpo. Ella gimió de placer, gruñó cada vez que él se detenía, siempre que estaba a punto de alcanzar el clímax. Era una loca mezcla de placer y agonía.

—Oh, por favor —le dijo, suplicándole, cuando él dejó su hinchado clítoris una vez más.

—Paciencia, Scarlet.

Ella masculló un juramento.

—Muy pronto, cariño —le dijo él, sonriente.

Se incorporó, salió de entre sus piernas y fue a tumbarse junto a ella, apoyándose en un hombro.

—Confía en mí —le dijo, dándole un beso en los labios.

Se incorporó de nuevo y se quitó los bóxer negros que llevaba, dejando al descubierto una formidable erección; grande y gruesa. Scarlet no podía dejar de mirar su miembro excitado, erecto.

Cuando se tumbó a su lado, no pudo resistir el impulso de tocarle. Esa era la clase de respuesta que John había esperado suscitar en ella. Quería que se olvidara de los bebés durante un rato y que disfrutara del sexo solamente. Era eso lo que había planeado cuando le había pedido que fuera a verle a Darwin una semana antes. Había pensado que le llevaría tiempo seducir a Scarlet totalmente, que le iba a costar mucho hacerla entrar en ese estado mental erótico. Sin embargo, parecía que iba a conseguir su propósito mucho antes de lo esperado. Ella no estaba pensando en nada que no fuera sexo en ese momento.

John sabía que debía detenerla, pero no podía. Las yemas de sus dedos eran como alas de mariposa sobre su miembro erecto. Nunca antes le habían tocado así; con tanta dulzura y sensualidad al mismo tiempo. Sus caricias le llevaron al borde del precipicio. Estar con Scarlet estaba poniendo a prueba toda su fuerza de voluntad. Ya había durado demasiado y apenas podía aguantar más...

—Ya basta, Scarlet —le dijo, extendiendo la mano y haciéndola detenerse—. Soy humano, ¿sabes? —añadió con una sonrisa suave cuando ella levantó la vista hacia él.

Scarlet apenas podía creerse que hubiera sido capaz de tocarle así. Le había encantado... Le había encantado sentirle entre los dedos, tan duro y tan suave a la vez. De repente, cuando John le apartó la mano, pensó que quizá podría hacer con los labios lo que había estado haciendo con la mano... Un pensamiento sorprendente, sobre todo porque no tenía experiencia en esa clase de preliminares. Había probado un par de veces. A los hombres les encantaba, pero a ella nunca le había hecho mucha gracia. Jamás había imaginado que pudiera llegar a disfrutarlo, o a excitarse con ello. Sospechaba, no obstante, que hacérselo a John sería completamente distinto. Y también lo sería tenerle dentro.

Una ola de deseo la sacudió por dentro.

—¿Qué pasa? —le preguntó él—. ¿Qué sucede?

—Hazme el amor —le dijo en un tono suplicante.

Mirándola fijamente, se puso entre sus piernas.

—Levanta las rodillas —le dijo—. Apoya los talones en la cama.

Con el estómago agarrotado, Scarlet hizo lo que le pedía. El corazón le latía locamente.

La penetró con suavidad y sutileza, pero ella no pudo evitar contener el aliento y soltarlo de golpe.

Él no se detuvo. Empujó más y más hasta llenarla por completo. La agarró de los tobillos y le puso las piernas alrededor de su cintura. De esa forma, pudo llegar mucho más adentro.

Scarlet estaba deseando que empezara a moverse... Al ver que no lo hacía, decidió tomar la iniciativa. Levantó las caderas de la cama. John casi perdió el control... De repente se vio invadido por una necesidad imperiosa de hacerla suya brutalmente, como un cavernícola, sin más prolegómenos. Empezó a moverse casi de forma involuntaria, con vigor, casi con violencia, adelante y atrás. Ella se movía con él, abrazándole sin piedad.

John apretó los dientes, intentando resistirse al aluvión de sensaciones que amenazaban con lanzarle por el borde del precipicio. Desesperado, la agarró de las caderas y la sujetó con una fuerza brutal, tratando de ralentizar las cosas un poco... Pero ya era imposible. No podría durar mucho más. No podría...

Capítulo 14

SCARLET entreabrió los labios cuando llegó al clímax. Jamás hubiera esperado sentir semejante golpe de estímulos. Nunca antes había experimentado espasmos tan poderosos, tan placenteros... Nunca antes había gemido de esa manera, con tanta lujuria, tan consciente de la conexión entre ambos. Pero cualquier sonido que pudiera emitir se vio eclipsado por los gruñidos de John cuando alcanzó el orgasmo. Agarrándola con más fuerza aún, se estremeció de arriba abajo, echó atrás la cabeza, con los ojos cerrados...

Cuando por fin llegó, echó adelante la cabeza y abrió los ojos. La expresión de su rostro era de confusión... Pero toda la confusión se desvaneció tan rápido como apareció. Scarlet se preguntaba si no lo había imaginado quizás... Un momento después él le sonreía, pero su sonrisa era sarcástica...

–No eres nada frígida, Scarlet –le dijo, quitándose de entre sus piernas–. De hecho, tienes lo que hay que tener para llegar a ser una gran cortesana.

Scarlet, que todavía estaba volviendo a la Tierra, aterrizó de golpe al oír sus palabras.

–Bueno, muchas gracias –le dijo en un tono desafiante–. Menudo piropo me acabas de echar, llamándome prostituta. Ahora, si no te importa... –levantó los hombros y sacudió las caderas, intentando sacarle de su cuerpo.

Fue un movimiento equivocado... Lo único que consiguió de esa manera fue recordarle lo que se sentía al tenerle dentro. Esas sensaciones maravillosas no la dejaban seguir enfadada.

–Sí que me importa... Estamos muy cómodos así, así que no seas tonta, túmbate y relájate.

Realmente sí que era una tontería seguirse resistiendo.

–Mucho mejor –le dijo él cuando ella volvió a recostarse en las almohadas–. ¿Y lo de relajarse un poco? Respira profundamente y suelta el aire despacio. Sí. Así.

Aunque hiciera lo que él le pedía, no era capaz de relajarse del todo.

–Para tu información –le dijo John, sujetándole las mejillas y enredando los dedos en su pelo–. Una cortesana no es una prostituta cualquiera. Es una mujer atractiva y generalmente pobre que se gana la vida usando su talento erótico para tenderle una trampa a un amante rico. Eran muy valoradas por sus benefactores. Normalmente el amante le compraba una casa, le ponía servicio, le pagaba las facturas... Y todo por tener el privilegio absoluto de disfrutar de un cuerpo tan maravilloso.

–Muy interesante –dijo ella. De pronto se sentía retorcidamente halagada por sus palabras.

–¿Y qué clase de talentos eróticos tenían las cortesanas?

John se colocó encima de ella, apoyando los codos en la cama a ambos lados, pero sin salir de ella.

–Tenían muchos talentos y muy variados –le dijo él–. Pero una buena cortesana sabía muy bien lo que le gustaba a su amante en la cama, sus preliminares favoritos, sus fantasías... Y después lo hacía todo realidad.

–Bueno, ¿y qué fantasías tienes tú? –le preguntó ella.

John la miró a los ojos y se preguntó cómo le iba a contestar a eso. No podía decirle la verdad. Eso estaba claro. La mayoría de sus fantasías sexuales eran demasiado excéntricas como para decirlas en voz alta. Pero al mismo tiempo, no obstante, había algunas fantasías que sí podía realizar, cuando se presentara la oportunidad... Muchas veces se había imaginado a Scarlet en la cama, siendo su esclava sexual... No podía resistirse a esa fantasía.

–Eso vas a tener que averiguarlo, mi querida Scarlet. Porque te vas a convertir en mi cortesana durante el tiempo que estés aquí.

–¿Qué?

–Ya me has oído.

–Eso no era parte del trato.

–No. Se me ocurrió cuando vi lo buena que eras en la cama.

–Oh –dijo ella y lo miró.

Realmente era bastante perverso, y conocía muy bien a las mujeres.

–¿Has hecho esto antes alguna vez? –le preguntó de repente.

–¿A qué te refieres?

–No te hagas el tonto, John. Ya sabes de qué hablo. ¿Ese teatro es una de tus fantasías?

–No. Solo pensé que sería divertido. Eso es todo. ¿Qué pasa? ¿No te crees capaz? –le dijo, provocándola.

La primera reacción de Scarlet fue contraatacar, pero entonces se dio cuenta de que él solo trataba de halagarla diciéndole que parecía una cortesana. Ni siquiera sabía qué había hecho bien...

John respiró hondo cuando la sintió moverse contra él. Le estaba respondiendo al desafío.

–Es evidente que la respuesta es «sí».

–Ahora sí que estás diciendo una tontería. No tengo ni la experiencia ni las habilidades necesarias para desempeñar ese papel.

–Esa es tu opinión –dijo él entre dientes.

–Puedes hacérmelo de nuevo, si quieres –le dijo ella en un tono seductor, sutil...

Él tenía toda la intención de hacerlo, sobre todo cuando ella enroscó las piernas alrededor de su cintura... Pero en cuanto empezó a moverse, volvió a ocurrirle... Esa descarga de adrenalina que anunciaba una pérdida total de control. Trató de ralentizar las cosas, pero su cuerpo tenía otros planes. Se adentró en ella con determinación y enseguida sintió que estaba a punto de llegar. Desesperado, se retiró y la hizo darse la vuelta, flexionándole las piernas y apoyándole las rodillas en la cama. Así tuvo unos instantes de alivio antes de penetrarla de nuevo. En cuanto lo hizo, no obstante, ella gritó de placer y entonces ya no pudo aguantar más. Unos segundos más tarde, se desplomaron juntos sobre la cama. John la hizo recostarse de lado, para no aplastarla con su peso. La estrechó entre sus brazos y la sujetó con fuerza. Muy pronto, su respiración se volvió más calmada y no tardó en sumirse en ese profundo sueño que solo llegaba tras tener sexo del bueno.

Desafortunadamente, él no tuvo tanta suerte. El sueño se le escurría de entre las manos. No podía dejar de pensar en la facilidad con que había perdido el control... Ella no tenía nada que ver con esas mujeres con las que solía salir. Era totalmente inocente en la cama, tan dulce... Las chicas con las que se acostaba normalmente no eran dulces e inocentes. Después de dejar la universidad, donde el sexo sin ataduras era un pasatiempo de lo más común, no había tardado en descubrir que acostarse con mujeres era peligroso para su salud mental. La mayoría de las chicas de su edad no buscaba una aventura de una noche. Esperaban que se quedara para desayunar. Esperaban que las invitara a salir de nuevo. Esperaban convertirse en algo más. Querían compromiso, algo que él no estaba dispuesto a darles. Siempre había disfrutado mucho de su vida de soltero. Disfrutaba de su libertad. Podía entrar y salir sin tener que responder ante nadie, sin molestar a nadie...

Así, se había dado cuenta de que solo las mujeres mayores que él podían darle lo que buscaba: tener relaciones regulares sin sentirse culpable todo el tiempo. Las recién divorciadas eran las mejores, y también las chicas con carrera que ya estaban casadas con su trabajo.

Durante los dos años anteriores había salido con muchas mujeres que solo buscaban algo de compañía agradable para una cena, seguida de un encuentro sexual placentero, normalmente en su casa. De esa forma no tenía que pedirles que se fueran por la mañana. Podía irse él mismo, si así lo quería.

Una vez su ama de llaves, Bianca, le había preguntado por qué no llevaba a casa a sus novias. Él le había dicho que en realidad ella era la única novia que tenía, porque le hacía reír.

Su corazón se encogió de dolor cuando pensó en Bianca, como siempre...

«No pienses en ella. No puedes cambiar lo que pasó...».

Scarlet se movió entre sueños, subió las rodillas y le empujó en el vientre con el trasero.

Rápidamente John sintió que su sexo despertaba. No iba a poder dormir allí. El sentido común se lo decía.

Reprimiendo un gruñido de placer, se apartó de su lado con cuidado.

La miró por última vez, se levantó de la cama y se puso los boxers. ¿Frígida? Era tan frígida como una noche de verano en el Amazonas.

Capítulo 15

SCARLET se despertó sola. Todo estaba en silencio. Parpadeó varias veces, se incorporó, se sujetó el pelo detrás de las orejas y escuchó...

Nada.

No sabía qué hora podía ser. Miró a su alrededor. No había relojes por ninguna parte. A juzgar por la luz que entraba en la habitación debía de ser bastante tarde, muy tarde, si se guiaba por las ganas que tenía de ir al cuarto de baño. Echó atrás las mantas y se levantó de un salto, desnuda. ¿Dónde estaba John? Estaba en la cama con ella cuando se había quedado dormida.

De repente lo recordó todo. La noche anterior había sido increíble...

Se lavó las manos y se miró en el espejo. No podía sacarse de la cabeza el eco de su voz mientras llegaba al orgasmo dentro de ella. Esos sonidos guturales...

Su cortesana... La fantasía no le resultaba especialmente atractiva. La cortesana de John...

Regresó a dormitorio, buscó el pijama y se lo puso rápidamente. Hizo la cama, respiró profundamente varias veces y fue a buscarle.

Casi pasó por su lado sin verle. Estaba tumbado en uno de los sofás, dormido.

Scarlet sacudió la cabeza, mirándolo. Estaba desnudo de cintura para arriba, y al parecer no necesitaba cubrirse con mantas para guardar el calor. El climatizador regulaba la temperatura en el apartamento, pero aun así...

Sí que tenía un cuerpo espectacular... Scarlet recorrió con la mirada cada rincón, cada músculo... De repente reparó en una cicatriz que tenía en la pierna derecha, justo al lado de la rodilla. No la había visto la noche anterior, pero entonces estaba demasiado distraída. Era una marca bastante fea, morada y arrugaba en los bordes. Probablemente se la había hecho en ese accidente que había tenido, cuando se había roto la pierna. ¿Cómo había ocurrido? ¿Habría sido muy grave? De haber sido cualquier otra persona, podría haberle preguntado al respecto directamente, pero John no era una persona normal. No le gustaban los interrogatorios... Muy típico de él. Siempre había sido un solitario, con una personalidad taciturna.

«No les digas nada y no las lleves a ninguna parte...».

Esa parecía ser la máxima por la que se guiaba en su relación con las mujeres. De hecho, era sorprendente que hubiera llegado a admitir ese deseo que decía sentir por ella desde mucho tiempo atrás.

Todavía estaba pensando en ello cuando vio un vaso sobre la alfombra, junto al sofá, justo donde él podría poner el pie cuando se levantara. Dio la vuelta, lo recogió y lo olió. Era brandy... Se había ido de la cama, y se había sentado allí a beber... hasta quedarse dormido... ¿Por qué no se había quedado con ella?

Seguía intentando averiguar la respuesta cuando él empezó a moverse. Durante una fracción de segundo, pensó en echar a correr rumbo al dormitorio, pero, tal y como le había dicho la noche anterior, cuando estaba nerviosa por algo, le gustaba terminar con ello lo antes posible.

Esperó y le observó mientras se estiraba... Le vio bostezar... Y entonces abrió un ojo, y después el otro...

—Buenos días, Scarlet... —le dijo, estirando las piernas e incorporándose—. Supongo que has dormido bien, ¿no?

—Mucho —dijo ella, decidida a ser sincera—. ¿Por qué te viniste aquí a dormir?

—Por eso —le dijo él en un tono un tanto seco—. Para dormir. Trataba de... digamos... concentrarme.

—Oh —dijo ella y se sonrojó.

—No tienes por qué avergonzarte. No es culpa tuya que seas hermosa. Sabía que si me quedaba allí, no sería capaz de quitarte las manos de encima, así que salí para dejarte descansar.

—Bueno, fue muy... amable de tu parte... —le dijo ella, sin saber muy bien lo que sentía.

¿Vergüenza? ¿Satisfacción? Había algo increíblemente halagador en saber que un hombre no podía quitarle las manos de encima.

—Un placer, Scarlet... Pero no te preocupes... —añadió con una pequeña sonrisa malvada—. Hoy me puedes compensar por ello.

Ella agarró el vaso con fuerza mientras trataba de entender de qué le estaba hablando.

—¿Qué horas es? ¿Lo sabes?

—Es hora de desayunar... Y después puedes ducharte conmigo.

—Pero...

—Sin «peros», Scarlet. Teníamos un trato, ¿recuerdas?

Scarlet se puso erguida.

—No recuerdo haber accedido a tener sexo a todas horas.

—¿No?

—No.

—¿Me estás diciendo que no te quieres duchar conmigo?

–Te estoy diciendo que no deberías dar por sentado que voy a acceder a todo. Me tienes que preguntar primero. Y tienes que respetar mis deseos. Si no es así, el trato se rompe y tomo el primer vuelo que me lleve a casa.

¿Has olvidado el motivo por el que viniste aquí en primera instancia?

–No lo he olvidado –le dijo, ladeando la barbilla, haciendo un gesto desafiante–. Pero eso no cambia las cosas. O lo tomas o lo dejas.

John se dio cuenta de que lo de la cortesana no había surtido efecto. Quizá la había infravalorado un poco... Había pensado que, después de la tórrida noche de pasión que habían pasado juntos, ella se arrojaría a sus brazos a la mañana siguiente. Debería haber sido más listo... Se trataba de Scarlet...

–Muy bien –le dijo–. Me gustaría mucho que te ducharas conmigo después del desayuno, Scarlet, pero si no quieres, no hay problema –le dijo, entre dientes.

Scarlet no sabía muy bien qué decir a continuación. La facilidad con la que se había rendido la había sorprendido sobremanera. En realidad sí que deseaba ducharse con él, pero no soportaba esa actitud arrogante.

–Creo que mejor me ducho yo sola –le dijo, intentando no sonar muy remilgada–. No estoy acostumbrada a compartir la ducha, ni tampoco a hacer el amor durante el día, ya que estamos. Si no te importa, ¿podríamos dejar las actividades sexuales para la noche?

–Estaría mintiendo si te dijera que no me importa. Pero por ahora eres tú quien lleva la voz cantante, así que dejaremos el sexo para por la noche, hasta que cambies de idea, claro –añadió con un brillo malicioso en la mirada–. Ese es el privilegio de una mujer, ¿no? Cambiar de idea... –se puso en pie y se estiró, haciendo una mueca–. Menos mal que no tendré que dormir aquí esta noche. Tengo la espalda destrozada.

–Podrías haber dormido en una de las habitaciones de huéspedes.

–Bueno, ¿por qué no se me ocurrió? Muy bien. ¿Quieres desayunar antes o después de la ducha? Que conste que te lo estoy preguntando con mucha educación y que no te lo estoy ordenando.

Scarlet le hizo una mueca.

–No hay necesidad de ser tan cortés. Y tampoco espero que mis deseos sean órdenes para ti. Anoche me enseñaste dónde está todo en la cocina. Puedo encontrar los cereales y el zumo sin problema, que es lo que suelo desayunar.

–Estupendo. Te dejo con ello, entonces. Voy a darme mi ducha. Muy larga y muy fría.

Scarlet le vio marchar con ojos arrepentidos, pero no quiso dar su brazo a torcer. Necesitaba centrarse en lo que tenía que hacer. No era un viaje de placer. Además, recordaba haber leído en algún sitio que el exceso de sexo también era malo para concebir. Las parejas con problemas tenían que seguir el ciclo de la mujer y reservar el sexo para los días de ovulación. Tendría que decírselo a John. Pero aún no era el momento... Probablemente no se lo tomaría muy bien si le decía que tendría que posponer su propio placer en aras de la fecundación.

No obstante, tarde o temprano tendría que decírselo... Pasara lo que pasara, tendría que mantener cierto grado de control sobre John, y sobre sí misma.

Apretando los labios con decisión, se fue a la cocina y se preparó un bol de muesli y un vaso de zumo de naranja. En cuanto terminara de desayunar, se daría una ducha, se vestiría y le pediría que la llevara a dar una vuelta por la zona comercial de Darwin. Después podrían ir a comer y a dar un paseo en barco quizá... Cualquier cosa para matar la tarde...

Se aseguraría de llegar bastante tarde al apartamento. Así solo tendrían tiempo de refrescarse un poco antes de salir a cenar, lo cual les llevaría un par de horas más. Se lo tomaría todo con mucha calma esa noche y volverían a eso de las diez o las once... Con los niveles de energía al mínimo después de una larga jornada de caminatas y visitas turísticas. Después de tanto ajetreo, John no sería capaz de hacerle el amor más de una vez. Dos veces, como mucho.

Esbozó una sonrisa. Podría sobrevivir a dos orgasmos arrolladores sin perder la fuerza de voluntad, y tampoco acabaría creyéndose enamorada de John solo porque disfrutaba del sexo con él. Solo los románticos tontos creían en esas bobadas.

No sabía por qué, pero, de repente, se sintió extrañamente segura de que conseguiría a ese bebé tan ansiado. Su corazón empezó a latir con fuerza cuando se imaginó cómo sería el momento, cuando le confirmaran el embarazo. A lo mejor se ponía a saltar de alegría. Y su madre también.

–Oh, Dios mío, mamá –exclamó.

Había olvidado por completo que iba a enviarle unas cuantas fotos.

Tenía tantas cosas que hacer... Tomó una cucharada de cereales.

Y tan poco tiempo...

Capítulo 16

SCARLET tomó el desayuno, se duchó y se vistió en un tiempo récord. Sacó el teléfono y se puso a hacer fotos del cuarto de baño y de la habitación de huéspedes. Una vez quedó satisfecha con las instantáneas, se dirigió a la cocina, esperando encontrarse allí a John, desayunando. Pero él no estaba... Frunció el ceño. A esas alturas ya debía de haberse duchado y vestido. Pero tampoco estaba en el salón... La puerta de su dormitorio seguía cerrada, así que era posible que todavía estuviera allí, pero no estaba dispuesta a ir a buscarle. En vez de eso, regresó a la cocina, tomó otras dos fotos más y volvió al salón, donde hizo otra instantánea más de una sección de la estancia, tomando solamente los sofás y las alfombras.

Después se dispuso a salir al balcón para fotografiar la espectacular vista del puerto. Salió... y allí se encontró a John, desayunando tostadas y café. Sí se había duchado, pero no se había afeitado y parecía una especie de pordiosero playero, con una fina barba en el mentón y unos pantalones cortos deportivos de un color chillón.

Era un pordiosero playero muy sexy, no obstante...

–¡Aquí estás! –exclamó él, intentando no mirarle demasiado el pecho.

Estaba siendo deliberadamente provocativo... Tampoco hacía tanto calor ese día. De hecho, hacía más bien frío, con la brisa marina que llegaba de la bahía.

–¿No tienes frío? –le preguntó en un tono un tanto afilado.

–Yo nunca tengo frío –le dijo él, mirándola de arriba abajo–. Los amantes de la Naturaleza son tipos duros y curtidos. Haciendo fotos para tu madre, ¿no?

–Se lo prometí anoche.

–Sí. Te oí. Tu madre y tú estáis muy unidas por lo que veo. ¿Es por eso que todavía vives con ella?

–No tenía intención de hacerlo, pero tampoco tenía intención de ser madre soltera. Una vez tomé esa decisión, la idea de quedarme en casa cobró un nuevo sentido.

–Pero no vas a ser madre soltera. No por ahora. Yo te ayudaré.

–Vamos, John, aunque las cosas salgan bien, y me quede embarazada de ti, todavía seguiré necesitando la ayuda de mi madre. Tú no vas a estar la mayor parte del tiempo. No es parte del trato. Estarás por ahí, trabajando en algún rincón recóndito de la Tierra y solo vendrás a casa por Navidad. Además, me gusta vivir con mi madre. Somos buenas amigas.

–Entiendo Muy bien. Sigue con tus fotos entonces –le dijo y guardó silencio.

Scarlet quiso contestarle, pero se mordió la lengua. Hizo un montón de fotos más. En otras circunstancias, hubiera hecho algún comentario que otro sobre las vistas, pero no tenía ganas de hablar de trivialidades en ese momento. ¿Por qué se dejaba provocar tanto? Él siempre conseguía sacarla de sus casillas. Y por algún extraño motivo sospechaba que tenía el mismo efecto en él. Era una pena... dada la situación. Si habrían podido llegar a ser buenos amigos, las cosas habrían sido mucho más fáciles.

«Depende de ti, Scarlet.», le dijo la voz del sentido

común. «No esperes que él dé el primer paso para terminar con las hostilidades. Los hombres no suelen hacerlo. Suele ser la mujer la que busca hacer las paces cuando una relación se pone difícil».

Dejó de hacer fotos y se volvió hacia él de golpe.

—Creo que a lo mejor cometí un gran error aceptando tu oferta —le dijo, sin haber pensado bien lo que iba a decir.

John se puso en pie de un salto.

—¿Qué?

—Ya me has oído.

—Te he oído, pero no entiendo por qué cambias así de idea. Tú fuiste quien se puso en contacto conmigo, Scarlet, y no al revés.

Scarlet empezó a sentir el rubor en las mejillas.

—Lo sé. Supongo que estaba un poco desesperada.

John apretó los dientes y trató de guardar la compostura. Si pensaba que iba a dejarla ir así como así, estaba muy equivocada.

—¿Por qué dices que cometiste un gran error aceptando? —avanzó hacia ella y le puso las manos sobre los hombros.

Ella agarró el teléfono rápidamente y lo sujetó contra el pecho, como si tuviera miedo de tener contacto físico con él.

—Creo que no es buena idea que seas el padre de mi hijo. Eso es todo. Las cosas se complicarían mucho.

—¿De qué forma?

—A lo mejor cambias de idea respecto al grado de implicación que quieres tener. A lo mejor... Oh, no sé qué podrías hacer exactamente. Solo quiero que mi hijo tenga una vida segura y feliz. No quiero que haya conflictos de ninguna clase.

—Bueno, evidentemente no habrá conflictos de ninguna clase si no tienes un bebé. ¡Y probablemente pase eso si te vas corriendo ahora!

—En la clínica me dijeron que solo tenía que ser paciente.

—La clínica tiene intereses económicos muy poderosos.

—¡Lo que acabas de decir es muy cínico y cruel!

—Es que yo soy cínico y cruel.

—Es que no lo entiendes —dijo ella, conteniendo un sollozo.

John se dejó ablandar. No quería hacerla llorar. Solo quería aplacar sus temores y hacer que se quedara con él. La idea de verla marchar todavía le llenaba de miedo.

—Sí que lo entiendo. Sí... Tienes miedo de que yo interfiera en tu papel de madre, aunque te haya prometido que no lo haré. Has perdido la confianza en los hombres, y eso me incluye.

—¿Pero cómo voy a confiar en ti si ya no te conozco?

—Ah. Ya volvemos con eso.

—Creo que es lógico que contestes a unas cuantas preguntas si vas a ser el padre de mi hijo.

John no pudo negarlo.

—Muy bien. Dispara.

Ella arrugó los párpados.

—¿Me dirás la verdad?

—Palabra. Pero solo si me prometes que no te irás.

Scarlet lo pensó un instante y decidió que no iba a dejar que John la apabullara. Había sido una locura ir hasta Darwin sin pensar bien las cosas. Una gran locura que no era propia de ella... Pero estaba tan desesperada...

—Me reservo el derecho a irme si me doy cuenta de que no hay madera de padre en ti —le dijo con firmeza.

—Creí que eso ya te había quedado claro anoche —le contestó él con una sonrisita.

Ella se ruborizó. De nuevo.

—¿Me lo tienes que recordar?

—No hay de qué avergonzarse. Bueno, ¿por qué no le envías esas fotos a tu madre mientras yo me visto? Después nos vamos.

—Pero ibas a contestar a mis preguntas.

—Puedes caminar y hablar al mismo tiempo, ¿no? Las mujeres siempre dicen que son multifacéticas.

Scarlet sintió ganas de darle un puñetazo y de besarle al mismo tiempo.

—¿Es que me tienes que tomar el pelo todo el tiempo?

Él sonrió.

—Desde luego. Te encuentro muy sexy cuando te enfadas.

—Bueno, en ese caso no es de extrañar que quisieras convertirme en tu esclava sexual durante el resto de mi vida —le dijo, taladrándole con la mirada—. ¡Porque llevo enfadada contigo desde el primer día!

Él trató de no reírse, pero no pudo evitarlo. Ni ella tampoco. Al principio, solo fue una mueca, pero entonces le empezó a temblar el mentón.

Un segundo más tarde los dos se reían a carcajadas.

Capítulo 17

JOHN regresó al dormitorio principal. Se puso una camiseta blanca, unas chanclas cómodas y buscó la gorra de béisbol que se había comprado la semana anterior. Incluso en el invierno, el sol de Darwin podía llegar a quemar, sobre todo después de haberse rapado casi toda la cabeza.

Cuando regresó al salón, Scarlet le esperaba con un enorme bolso colgado del brazo y un sombrero blanco de ala ancha.

John fue hacia la puerta, abrió y la invitó a salir. Cerró y se guardó las llaves en el bolsillo de los pantalones cortos. La acompañó hasta los ascensores. Bajaron juntos, en silencio. Una vez allí, él la agarró del codo y la condujo al otro lado de la calle, hacia el parque.

–El parque abarca toda la Esplanade –le dijo, avanzando por el zigzagueante camino que se abría entre los jardines–. Este camino nos lleva al final del CBO, más allá de Government House, un edificio extraordinario. Después iremos por una pasarela y tomaremos un ascensor que nos bajará hasta el nuevo paseo marítimo. Creo que te vas a llevar una sorpresa cuando veas todo lo que han hecho para mejorar la zona.

–Tienes razón. ¡Las vistas de la bahía desde aquí abajo son impresionantes! Y muy distintas de las que se ven desde tu balcón. ¿Crees que podremos salir a la bahía un día? –le preguntó mientras hacía fotos.

—Claro. Alquilaré un barco. Iremos a dar un paseo y te enseñaré a pescar. Últimamente me ha dado por la pesca.

Ella dejó de hacer fotos y lo miró.

—Me sorprendes. Pensaba que eras hombre de tierra firme.

—Yo también lo pensaba. Pero después del accidente pasé varios meses casi paralizado. Un amigo me sugirió lo de la pesca y me encantó.

—Mi padre solía pescar. Pero yo nunca fui con él. Siempre me pareció aburrido.

—No si sabes dónde pescar y tienes el equipo adecuado. Si es así, puede llegar a ser muy emocionante, y satisfactorio. En el barco nos cocinarán lo que capturemos, si te gusta el pescado, claro.

—Me encanta.

—Entonces ya tenemos algo en común.

Scarlet se rio.

—La única cosa que tenemos en común, seguramente.

—No. No es la única cosa —le dijo él, bajando la voz.

Scarlet decidió no darse por aludida. Fue hacia una placa conmemorativa con una lista de nombres relacionados con la Segunda Guerra Mundial. Se puso a leerla. Darwin había sido la única ciudad de Australia que había sido bombardeada durante la Segunda Guerra Mundial. Lo había leído en Internet. Tomó una foto de la placa y varias de las vistas.

—Darwin es un sitio maravilloso.

—Me gusta mucho.

—¿Entonces por qué no vives aquí de forma permanente? ¿Por qué vas a volver a Suramérica? Pensándolo bien, ¿por qué te fuiste a trabajar allí? Quiero decir que aquí hay mucho trabajo para los geólogos. Podrías haberte venido aquí o a alguna de las ciudades mineras del oeste del país. No hay necesidad de irse al otro lado del mundo solo para huir de... –la pregunta que realmente quería hacerle se le escapó de los labios–. ¿Por qué odias tanto a tu padre?

–Vaya –dijo él–. Esas son muchas preguntas de golpe. Mira, ¿por qué no nos sentamos aquí? –le dijo, llevándola hacia una parte del banco que estaba a la sombra de un árbol. Podría llevarme un buen rato contestarlas todas.

–Sobre todo si lo haces con sinceridad –le recordó ella.

–Scarlet, ¿crees que te mentiría?

–Seguro que sí –dijo ella.

Él sonrió.

–Me conoces demasiado bien.

–Sé que no te gusta hablar de ti mismo.

John se encogió de hombros.

–No creo que te haga mucha gracia, pero... ¿Qué demonios? Quieres la verdad.

Durante una fracción de segundo, se preguntó si podría mentirle. Una fracción de segundo...

–Empecemos por el principio. En realidad no voy a volver a Brasil. Vendí mi casa de Río hace poco. Tengo pensado quedarme y trabajar aquí en Australia.

–¡Vaya sorpresa! ¿Y qué te ha hecho volver después de tantos años? Me parecía que te encantaba vivir en América del Sur.

–Y así es. Probablemente me habría quedado si mi ama de llaves no hubiera muerto. Era una señora encantadora llamada Bianca, a la que quería mucho. Fue apuñalada por una banda de chicos de la calle a los que intentaba ayudar.

–Oh, John, eso es horrible.

–Sí que lo fue. Era una mujer tan buena. Salía todas

las noches y les llevaba comida a los sin techo. Cuando no estaba trabajando, yo solía acompañarla. No me gustaba que fuera sola. Los sitios a los que iba eran muy peligrosos. Traté de convencerla para que dejara de salir cuando yo no podía acompañarla, pero no me hizo caso. Me decía que no le pasaría nada. Creía que si no ayudaba a esos chicos, nadie lo haría. Una mañana llegué a casa y me encontré un coche de policía aparcado. Sabía que algo horrible le había pasado. Me volví loco cuando me enteré de que había sido asesinada. Quería matar a todos esos bastardos. Al final, les di una buena paliza a un par de ellos. A la policía no le hizo mucha gracia y me lanzaron una advertencia. Por aquel entonces, me daba igual. No estaban haciendo nada para resolver el caso de Bianca. De todos modos, sabía que si me quedaba, podría llegar a cometer una verdadera estupidez, así que vendí la casa y me marché.

—Fue lo mejor. ¿Tu familia sabe algo de esto?

—¡Claro que no!

—¿Pero por qué no?

—Porque es asunto mío y de nadie más.

—¿Entonces no saben lo del ama de llaves? ¿Ni tampoco que ya no vives en Brasil, o que tienes pensado vivir y trabajar en Australia a partir de ahora?

—Todavía no. Espera un momento —añadió al ver que ella abría la boca, asombrada—. Déjame terminar antes de que te subas a ese caballo blanco tuyo y me despellejes vivo por ser tan mal hijo. Se lo diré todo. Bueno, lo de Bianca no. Solo les diré que he vuelto a Australia y que voy a trabajar aquí. Pero de momento es mejor que no sepan nada. No le hago daño a nadie.

Scarlet apretó los labios para no decirle que siempre le hacía mucho daño a su familia con esas ausencias tan prolongadas, sobre todo a su madre. A Carolyn no le hubiera sentado nada bien saber que estaba allí en Darwin, de vacaciones, en vez de estar en Brasil, trabajando.

—Bueno, si te digo la verdad, no es que odie a mi padre. Mis sentimientos hacia él no son tan sencillos.

Scarlet parpadeó. ¿Qué podría haber pasado entre ellos para enturbiar tanto la relación entre padre e hijo?

—No creo que sepas nada de esto, porque mis padres no hablan de ello, pero yo tenía un hermano gemelo.

—¡Gemelo!

—Sí. Tenía un hermano, Josh, que nació unos minutos antes que yo. Éramos idénticos. Idénticos en cuanto a los genes, pero no teníamos mucho que ver en cuanto a la personalidad. Él era extrovertido. Yo era todo lo contrario. Él era hiperactivo, travieso, encantador. Empezó a hablar cuando todavía gateaba. Yo era más tranquilo, mucho menos comunicativo. La gente pensaba que era tímido, pero no lo era. Solo era... un tanto retraído.

Scarlet creyó saber lo que venía a continuación.

—Josh se ahogó en la piscina del patio de atrás cuando tenía cuatro años. Mi madre estaba al teléfono un día y nosotros estábamos jugando fuera. Josh acercó una silla a la verja y trató de subirse, pero se cayó y se golpeó la cabeza antes de caer a la piscina. Yo me quedé paralizado, mirándole durante demasiado tiempo... Al final entré a la casa, gritando, buscando a mi madre. Cuando le sacaron, estaba muerto.

—Oh, John —dijo Scarlet, con lágrimas en los ojos—. Qué triste.

John se puso tenso al ver la reacción de ella, su solidaridad. Eso era lo que no podía soportar. Era por eso que nunca le había contado la historia a nadie. No quería sentir lo que estaba sintiendo en ese preciso momento. No le gustaba sentirse culpable por la muerte de su hermano. La lógica le decía que no podía ser culpa suya, pero la lógica no significaba nada para un chico de cuatro años que había visto a su madre casi catatónica por el dolor, y a su padre llorando desconsoladamente. De repente volvió a sentir toda esa pena, la culpa... Porque él quería mucho a Josh, tanto como sus padres. Era su hermano gemelo, sangre de su sangre. Eran inseparables.

Pero a nadie le había importado su dolor.

No podía creer que aún le doliera tanto...

—Bueno, resumiendo, mi padre hizo algo la noche del día en que murió Josh... algo que me afectó mucho. Le vi sentado en el salón, con la cabeza entre las manos. Fui hacia él y lo abracé. Él me apartó y le dijo a mi madre que me acostara, que no soportaba verme.

Scarlet contuvo el aliento.

—Más tarde, esa misma noche, vino a darme un beso de buenas noches a mi habitación, pero yo aparté la cara y no le dejé darme un beso. Él se encogió de hombros y se marchó. Después de eso, yo dejé de hablarle durante mucho tiempo. En realidad, le ignoré por completo durante años. Parecía que a él le daba igual. De repente había dejado de ser el padre al que yo adoraba. Estaba vacío por dentro. Mi madre sabía lo que pasaba, pero ella pasó mucho tiempo lidiando con su propio dolor, y no me ayudó demasiado. No sabía qué decir, o qué hacer. No se recuperó hasta que tuvo a Melissa. Ella fue quien insistió en que vendiéramos la otra casa y nos mudáramos a esta. Pero mi padre siguió igual. Y yo también. Se volvió huraño, se dio al alcohol, y yo me convertí en ese chico al que conociste. Un chaval resentido, furioso con el mundo.

Scarlet había empezado a morderse el labio inferior para no llorar.

–Me sorprende que seas capaz de dirigirle la palabra a tu padre con tanta educación.

–Desde que se retiró ha cambiado bastante. No le he llegado a perdonar del todo, pero el odio y la venganza no llevan a ninguna parte. Ahora que me he hecho mayor, entiendo que nuestros padres no son perfectos. Solo son seres humanos. Josh había sido el ojito derecho de mi padre, y murió. El dolor te puede llevar a hacer cosas horribles.

Después de la muerte de Bianca, él mismo le había dicho cosas horribles a su familia. Les había echado la culpa de todo por no acompañarla esa noche. Ellos, sin embargo, no se lo habían tomado a pecho. No le habían devuelto las acusaciones.

Tras la tormenta, no obstante, se había sentido muy mal. La vergüenza le había llevado a regalarles la casa de Río y todo lo que había en ella. Tenía que compensarles de alguna manera.

–¿Alguna vez has hablado con tu padre de lo que pasó esa noche? –le preguntó Scarlet, frunciendo el ceño.

–No.

–Por lo menos tu madre te quería a ti y a tu hermano por igual.

–Seguro que sí. Pero entonces llegó Melissa y mi madre se dedicó a ella por completo.

–Todas las madres están muy apegadas a sus hijas. Eso no significaba que te quisiera menos. Además, por aquella época no eras un niño encantador precisamente.

John se rio.

–Nadie me aleja de la autocompasión tan bien como tú.

–No era mi intención. Pero... ¿sabes una cosa, John? A lo mejor las cosas no fueron como te pareció entonces. He estado pensando...

John suspiró lentamente.

—¿De qué se trata esta vez?

—Es sobre lo que te dijo tu padre. A lo mejor quería decir que no podía soportar mirarte a la cara porque le recordabas a Josh. Erais idénticos físicamente. A lo mejor no quería decir que no te quería tanto como a tu hermano.

—Bueno, creo que todo lo que hizo a partir de ese momento indicaba todo lo contrario. Tuvo muchas oportunidades para demostrarme su cariño, pero no las aprovechó. Se comportaba como si yo no existiera. No sabes la envidia que me daba tu padre. Él siempre fue un padre con mayúsculas.

—Era extraordinario. Pero tú tenías a tu abuelo.

—Cierto. El abuelo fue muy bueno conmigo. Si te soy sincero, de no haber sido por él, probablemente me hubiera ido de casa y habría acabado en la cárcel.

—Oh, no creo.

—¿No crees? Las cárceles están llenas de jóvenes furiosos, hijos rechazados con muy poca autoestima, sin metas en la vida. Mi abuelo me devolvió el amor propio y me dio un objetivo; llegar a ser geólogo. Su muerte fue un duro golpe para mí, porque ocurrió justo antes de la graduación. Pero incluso después de su muerte, siguió cuidando de mí. Me dejó dinero, mucho dinero, en realidad. Con ese dinero venía una carta en la que me decía que tenía que viajar y ver el mundo. En cuanto me gradué, me fui. Primero hice un viaje por Europa, pero tampoco me gustó demasiado. Demasiadas ciudades, pocos árboles. Me fui de nuevo y viajé por todo el mundo durante un par de años. Al final aterricé en Suramérica. Para entonces me había quedado sin dinero, así que tuve que buscar trabajo. O eso o volvía a casa. Como podrás imaginar, lo de regresar a casa no me hacía mucha gracia. De todos modos, como no tenía experiencia, solo encontré trabajo en una empresa minera que buscaba a geólogos que estuvieran dispuestos a ir a sitios a los que nadie quería ir. Era un trabajo peligroso, pero pagaban bien, y de repente me di cuenta de que me gustaba asumir riesgos. A lo largo de los últimos diez años, he descubierto un yacimiento de esmeraldas en Colombia, petróleo en Argentina, gas natural en Ecuador. La otra cara de la moneda fue que recibí unos cuantos balazos por ello, me caí por una montaña, y casi morí ahogado en el Amazonas. Me mordieron miles de insectos voraces... Pero me pagaron muy bien y me pude comprar la casa de Río, y este apartamento en Darwin. ¡Lo bueno es que ya no tengo que volver a aceptar trabajos que me pueden costar la vida! —sonrió con tristeza—. Incluso me puedo permitir el lujo de mantener a un hijo sin que su madre tenga que volver a trabajar en toda su vida, si no quiere, claro.

Scarlet frunció el ceño.

—Ya veo que sigues pensando. Y no en cosas alegres precisamente. Mira, si no quieres mi dinero, dilo sin más. No te voy a obligar a aceptarlo si no quieres. Muchas mujeres estarían encantadas de tener una oferta así sobre la mesa, pero ya debería haberme dado cuenta de que tú no eres de esas.

—Le tengo mucho aprecio a mi independencia.

—Si aceptaras mi dinero, podrías comprarte una casa. Incluso podrías contratar a una niñera, si quieres seguir trabajando.

—¿Una niñera? ¡No quiero dejar a mi hijo en manos de una niñera! Y en cuanto a comprarme mi propia casa, tienes que saber que ya tengo suficiente dinero para comprarme la que me dé la gana, si quisiera. Llevo ahorrando para una casa desde que empecé a trabajar.

Muchas gracias por la oferta, John, pero no. No necesito
ni quiero ayuda económica.

Su punto de vista no debería haberle hecho enojar,
pero lo hizo.

–Muy bien –le dijo en un tono cortante–. No voy a
pagar nada entonces.

–No hay necesidad de enfadarse –dijo ella–. Deberías alegrarte de que no sea como la mayoría de las mujeres. Solo imagina lo que pasaría si yo fuera una de
esas cazafortunas. ¡Te sacaría todo lo que pudiera!

John no pudo evitar sonreír. Ella parecía realmente
asqueada ante la idea. Se había ruborizado y así parecía
más hermosa que nunca.

–Muy bien. Es una suerte que no seas una interesada. Bueno, ¿tienes alguna pregunta más que hacerme
antes de poder seguir con mi plan para hoy?

Scarlet parpadeó, sorprendida.

–¿Tienes un plan para hoy? –le preguntó, pensando
que era ella quien tenía el plan.

–Sí que lo tenía, antes de que lo fastidiaras todo y te
diera por querer conocerme mejor.

–Bueno, yo... Yo... –Scarlet no podía creerse que estuviera tartamudeando. Normalmente solía ser una persona con bastante facilidad de palabra. Apretó los labios
un segundo, respiró hondo y siguió adelante–. Muy bien.
No más preguntas por ahora. Pero a lo mejor luego me
surge alguna más. ¿Cuál era tu plan para hoy?

–Hacer un poco de turismo, tomar una comida ligera
y pasar la tarde en la cama.

Scarlet se quedó boquiabierta.

–¿Toda la tarde?

–Palabra. Cuando te presentaste en el balcón esta mañana, hecha un bombón, tuve ganas de meterme en la
cama contigo directamente y pasar allí el resto del día.

Ella se lo quedó mirando. Apenas podía creerse que la deseara tanto, casi tanto como ella a él. De repente, la decisión de dejar el sexo para las noches ya no le pareció tan buena idea.

—Además —añadió él. Una llamarada de deseo brilló en sus ojos—. Lo de esta tarde no tiene nada que ver con lo de los bebés. Se trata de placer. No solo mío, sino tuyo también. A juzgar por cómo reaccionaste la otra noche, tu vida sexual no ha sido muy animada últimamente. Si me dejas, yo puedo hacer que eso cambie —se puso en pie y le tendió la mano—. Bueno, vámonos a pasear.

Capítulo 18

SCARLET se quedó profundamente impresionada con el nuevo paseo marítimo. Era un paraíso para los turistas, con apartamentos de lujo, un hotel fantástico, tiendas modernas, cafeterías, calles amplias por las que se podía salir a correr, una piscina de olas para niños y adultos y puertos de gran calado donde podían atracar barcos cruceros. De no haber estado tan absorta en sus propios pensamientos, Scarlet habría hecho muchos, muchos comentarios.

Nunca antes en toda su vida se había sentido tan inquieta. La cabeza le daba vueltas, y el estómago también. Cuando John sugirió que tomaran una comida ligera en una elegante terraza, aceptó rápidamente, porque eso significaba que por fin podría retirar la mano de la de él. No era que no disfrutara sosteniéndosela, no obstante. En realidad lo disfrutaba más de lo que quería. Pero no era esa la clase de cercanía que buscaba.

Sin necesidad de consultar la carta, John pidió dos rollitos de pollo con lechuga envueltos en pan de pita, y dos cafés con leche.

La joven camarera apuntó el pedido con una sonrisa cómplice. Era evidente que John le había gustado mucho.

Scarlet le lanzó una mirada envenenada a la joven. A punto estuvo de hacer un comentario corrosivo cuando esta se retiró, pero finalmente consiguió morderse la lengua. Cualquiera hubiera dicho que estaba celosa; algo absurdo, sobre todo porque iba a ser ella quien iba a pasar la tarde con él en la cama.

Respiró hondo.

–¿No te gusta lo que he pedido?

–No, no. Me gusta. Es que acabo de acordarme de que debería haber hecho algunas fotos para enviarle a mi madre. Se me olvidó por completo.

–Todavía puedes hacerlas, cuando terminemos de comer.

–Sí. Supongo que sí.

–Pero tendrás que darte prisa.

–Oh. ¿Por qué? –le preguntó, levantando la vista al cielo. No había ni una nube a la vista.

–Para ser una chica tan inteligente, a veces te pones muy espesa –le dijo él en un tono de exasperación–. Me da la sensación de que no conoces muy bien a los hombres.

Scarlet decidió no darse por ofendida. Estaba cansada de discutir con él.

–Soy consciente de que he llevado una vida muy aburrida. Después de escuchar todas esas historias tuyas sobre tus viajes y tus aventuras, me doy cuenta de que sí ha sido muy aburrida. Supongo que te imaginas que he tenido un montón de novios a lo largo de los años, pero en realidad puedo contarlos con los dedos de una mano. Y es cierto. No conozco muy bien a los hombres. Siento mucho haberte decepcionado.

–No hay nada en ti que me haya decepcionado, Scarlet. Siempre te he admirado mucho.

–¿En serio? –había un atisbo de risa en su voz.

–En serio.

–¿Incluso cuando soy espesa con el tema de los hombres?

–Incluso en esos momentos.

–¿Entonces por qué te parecí espesa antes?

–Pensé que intuitivamente sabrías que necesitaba tenerte de vuelta en el apartamento después de comer, tan pronto como sea posible.

John vio cómo cambiaba su expresión. Sus mejillas se colorearon de inmediato.

–Oh –dijo y entonces sonrió con tristeza–. Pensaba que era solo yo quien sufría en silencio.

Sus palabras no fueron consuelo para John. No recordaba haberse excitado tanto en toda su vida.

Fue un alivio cuando llegó la comida, en el momento preciso. El rollito estaba exquisito, pero apenas pudo saborearlo comiendo tan rápido.

–Vas a tener una indigestión –le advirtió Scarlet con una sonrisa.

Ella se lo estaba tomando con calma.

–Come y haz esas fotos, o las hago yo.

–¡Sí, señor!

–Y deja de ser tan sarcástica. Te prefería como eras hace un rato.

–¿Cómo?

–Suave y dulce.

–Pero yo creía que mis ironías te gustaban mucho.

John habló entre dientes.

–Ahora no quiero que me gustes tanto.

–Ah, entiendo. No te preocupes. Te prometo que seré tan dulce como una tarta de manzana hasta que lleguemos a casa.

John no pudo evitar reírse.

–Limítate a comer, ¿quieres?

Sus miradas se encontraron.

–Ve a hacer esas fotos mientras yo pago la cuenta –le dijo, poniéndose en pie.

Scarlet solo tuvo tiempo de hacer unas pocas fotos antes de que volviera a recogerla.

Regresaron a paso ligero, por el mismo camino por el que habían llegado. Esa vez no iban de la mano. Scarlet trataba de seguir el ritmo de sus enormes zancadas. Cuando llegaron al edificio de apartamentos, su respiración se había vuelto pesada. Subieron en el ascensor en silencio. Scarlet ni siquiera se atrevía a mirarlo a la cara.

Cuando él le abrió la puerta del apartamento y la invitó a entrar, se dio cuenta de que la deseaba con desesperación. Hubiera querido hacerle el amor contra la puerta, en el sofá, en el suelo... De pronto él se apartó.

—No, Scarlet —le dijo con brusquedad al ver que ella fruncía el ceño—. Aquí no. Todavía no. Quiero que te metas en el cuarto de baño y te des una ducha caliente. Yo voy a hacer lo mismo en mi aseo. Cuando sientas que estás relajada, sales, te secas, y vienes a mi dormitorio. Sin ropa, por favor. Ni toalla. Ni albornoz.

Scarlet tragó en seco.

—¿Esperas... esperas que entre en tu habitación, completamente desnuda?

—Completamente. Tienes un cuerpo increíble, Scarlet, y lo quiero ver todo, todo el tiempo.

—¿Todo el tiempo? —repitió ella, tartamudeando.

—Por supuesto. A partir de ahora solo llevaremos ropa cuando salgamos.

—Pero...

—Sin «peros». Esto es parte del plan.

—¿Y qué plan es ese?

—Un plan secreto.

—Pero no entiendo cómo...

—Pensaba que estábamos de acuerdo en que no habría «peros». Y basta ya de discusiones. Lo único que quiero oír de ti esta tarde es «Sí, John, por supuesto. Lo que tú digas, John».

—Has olvidado eso de «como usted ordene, mi señor».

Él sonrió.

—Esa es mi chica.

Scarlet sacudió la cabeza.

—¡Eres el tipo más exasperante que he conocido jamás!

—Y tú eres la mujer más irresistible. Ahora ve y haz exactamente lo que te he dicho.

No esperó a que ella le contestara. Fue hacia el dormitorio principal y le dio con la puerta en las narices. Scarlet se quedó en mitad del salón, totalmente desconcertada, pero excitada. No había ningún género de dudas. Haría todo lo que él quisiera, porque en el fondo, eso era lo que deseaba.

Hacerlo, no obstante, no era cosa fácil. Le daba un poco de miedo. No se miró en el espejo del cuarto de baño mientras se desvestía. Abrió el grifo de la ducha y esperó a que el agua se calentara un poco antes de entrar. Se lavó a conciencia, intentando no detenerse demasiado en esas zonas que le recordaban lo excitada que estaba. Cinco minutos más tarde, ya había salido de la ducha.

Tardó cinco minutos más en salir del baño. Se cepilló el pelo durante una eternidad, se pintó los labios y se puso un poco de perfume. Cuando ya no pudo retrasarlo más, respiró profundamente varias veces y abrió la puerta.

Salió desnuda y atravesó el apartamento. Aquello era lo más duro que había hecho jamás, incluso más duro que ir a la clínica de fertilidad por primera vez. Cuando llegó a la puerta del dormitorio principal, estaba hecha un manojo de nervios. Se armó de valor, pero no llamó. Abrió directamente y entró sin más.

Él estaba saliendo del aseo justo en ese instante, con una toalla alrededor de la cintura.

Ella se paró de golpe, con las manos apoyadas en las caderas.

–Yo también quiero que estés desnudo –le espetó.

–Todavía no –le contestó él. Sus ojos brillaron cuando la miró de pies a cabeza–. Eres todavía más hermosa de pie que tumbada. Ahora ven aquí. Quiero verte caminar. Quiero sujetarte fuertemente contra mí y besarte hasta que me supliques que lo haga, tal y como hiciste anoche. Pero no en la cama, con las piernas enroscadas alrededor de mi cintura, y los brazos alrededor de mi cuello.

Sus palabras evocaban imágenes eróticas que la bombardeaban una y otra vez. A Scarlet empezó a darle vueltas la cabeza. De alguna forma consiguió atravesar la habitación sin tropezarse con nada. Tenía las rodillas de gelatina.

Él la taladraba con una mirada aguda, sin decir ni una palabra más. Cuando ella se le acercó, pudo oír su respiración, mezclada con la suya propia. Pudo sentir la tensión...

Se quitó la toalla, mostrándole su miembro erecto en todo su esplendor. Scarlet sintió que se le secaba la boca, imaginando cómo le haría el amor. ¿Lo haría de pie, tal y como le había dicho? El corazón se le aceleró. Se le endurecieron los pezones.

De repente él la estrechó entre sus brazos y la apretó con fuerza contra su erección.

«Sí. Sí. Hazme el amor. Házmelo ahora. No me beses. No esperes. Simplemente levántame en el aire y hazme el amor...».

Pero él no hizo caso de esa súplica silenciosa. Primero empezó a besarla, con desesperación, con ardor. Scarlet necesitaba tenerle dentro... La urgencia era insoportable. De repente gimió.

–Dime lo que quieres, Scarlet –le dijo él en un susurro.

–Te quiero a ti. Oh, Dios, John... Hazlo sin más. Hazlo tal y como dijiste.

Él la penetró bruscamente, le agarró el trasero y la levantó del suelo.

–Pon las piernas y los brazos a mi alrededor.

La apoyó contra la pared del dormitorio y empezó a empujar una y otra vez. Ella llegó al clímax rápidamente. El primer espasmo fue tan intenso y salvaje que tuvo que gritar. Él llegó unos segundos después, de una forma tan violenta como ella. Sus gemidos orgásmicos resonaron casi como gritos de dolor. Él le clavó las yemas de los dedos en la piel mientras ella se aferraba a su cuello. El clímax duró un rato para ambos. Sus cuerpos latían al unísono, y sus corazones también.

Al final, cuando todo terminó, les sobrevino una ola de cansancio. Scarlet suspiró, y John también. Levantó la cabeza. Ella se sentía completamente vacía, sin fuerzas. Las piernas casi se le caían. Apenas podía aferrarse ya a su cintura.

Él se dio cuenta. La llevó hasta la cama y la tumbó con cuidado.

–¿Ves lo que me has hecho? –le preguntó, poniéndose erguido y asintiendo con la cabeza.

–Pobre John –murmuró ella en un tono adormilado–. A lo mejor deberías tumbarte a mi lado y descansar un poco.

–A lo mejor. Pero solo con la condición de que no me hagas más preguntas.

Capítulo 19

TE HAS acostado con muchas mujeres? –le preguntó Scarlet.

Estaba tumbada con la cabeza apoyada en el vientre de John y el rostro vuelto hacia él, jugueteando con el fino vello de su pecho. John estaba estirado, con las manos entrelazadas por detrás de la cabeza y la vista fija en el techo. Acababan de volver a la cama después de una larga ducha.

–Me prometiste que no me ibas a hacer más preguntas.

–Yo no he prometido nada. Te dejé descansar. Eso es todo, así que te lo repito. ¿Te has acostado con muchas mujeres?

–Me he acostado con muchas mujeres.

–Eso pensaba.

–¿Te importa mucho?

–Supongo que no.

–No estarás celosa, ¿no?

–En absoluto. Solo siento curiosidad. ¿Pero cuándo tuviste tiempo para acostarte con tantas novias? Según lo que me contaste, te has pasado la mayor parte de tu vida adulta escalando montañas y haciendo expediciones por la jungla.

–No he dicho que haya tenido muchas novias. He dicho que me he acostado con muchas mujeres. Hay una diferencia.

–Oh. Oh, claro. Entiendo. Eres de aventuras de una noche.

–Normalmente sí. Tuve un par de novias formales en la universidad, pero no fue nada serio. No tengo tiempo para relaciones estables y largas últimamente. Ni tampoco tengo ganas.

–Pero estoy segura de que la noche de la fiesta en casa de tus padres me dijiste que acababas de romper con una mujer.

–Mentí.

Ella se incorporó abruptamente.

–¿Pero por qué?

–Porque no quería que me hicieras preguntas. Claro.

–Muy bien. Ya no haré más preguntas –dijo. No era buena idea insistir más, sobre todo porque él ya empezaba a mirarla con ojos afilados.

–Gracias. El silencio es oro para mí. ¿Sabes? Sobre todo cuando estás muy cansado.

Scarlet se rio y entonces volvió a apoyar la cabeza en su vientre. Esa vez, no obstante, se había acostado mirando hacia el otro lado. Contempló su miembro. No parecía cansado en absoluto, pero tampoco estaba erecto. En estado de flacidez, tampoco parecía tan intimidante. Ella sospechaba, no obstante, que solo tenía que rodearlo con la boca para devolverlo a la vida.

–¡Oye! –exclamó él, cuando ella le agarró el pene con mano firme–. ¿Pero qué haces?

–¿Qué crees que hago?

Él gimió cuando ella empezó a mover la mano arriba y abajo.

–Chica, no tienes compasión.

–Para ti no.

–Me vas a matar.

–Posiblemente. Pero será una forma maravillosa de irse de este mundo.

Él se rio y entonces contuvo el aliento.

–¡No te atrevas a hacer eso!

Ella no contestó. No podía.

John apretó la mandíbula y aguantó la oleada de sensaciones que lo sacudía. Ella era buena, muy buena... Era difícil de creer que tuviera tan poca experiencia sexual. Sin embargo, sí que la creía. No era ninguna mentirosa. Él, en cambio, sí que mentía muy bien, sobre todo cuando era necesario mentir.

Sus protestas habían sido una especie de mentira. Estaba deseando que ella hiciera justamente eso, despertar su deseo sexual, de nuevo. Quería provocarle un orgasmo tras otro.

Porque ese era su plan, hacerla adicta al sexo con él. Y entonces, al lunes siguiente, dos días antes de que entrara en el periodo de máxima fertilidad, dejarían de hacerlo un tiempo. Así tendrían más probabilidades de conseguir el embarazo. Para el miércoles, ella estaría lista para quedarse embarazada, y ya no estaría tan obsesionada con los bebés, sino con el placer.

Era un plan perfecto. John le acarició el cabello con ambas manos, intentando detenerla. Después de todo, no quería que se hiciera adicta a dar placer, sino a recibirlo. Sin embargo, lo que le estaba haciendo era delicioso. Le clavó las yemas de los dedos en la cabeza y la sujetó en el sitio, sucumbiendo a la tentación.

Más tarde, cuando ella se acurrucó a su lado, él le rodeó los hombros con el brazo y la atrajo hacia sí.

–Eso ha sido increíble. Gracias.

–Un placer –le dijo ella y le dio un beso en el cuello con los labios todavía húmedos.

De repente John sintió una extraña sensación; una emoción poderosa que lo embargaba.

«Yo soy el que se está haciendo adicto aquí».

La idea de que pudiera estar enamorándose de Scarlet era tan sorprendente, tan asombrosa, que John no sabía qué hacer o pensar. Al principio parecía algo imposible. Lo del amor no era para él, pero poco a poco, una vez dejó a un lado esa perplejidad que lo atenazaba, se dio cuenta de que la idea no era una locura tan grande. De hecho, a lo mejor siempre había estado un poco enamorado de ella.

–Vas a pensar que soy una ingenua –dijo ella de repente, levantando la cabeza lo suficiente para poder mirarlo a los ojos–. Pero solía pensar que tendría que estar locamente enamorada de un hombre para poder disfrutar del sexo con él. Quiero decir, disfrutar de verdad, como he hecho contigo –bajó la cabeza y la apoyó sobre el pecho de él–. Creo que eso viene de haber sido una romántica empedernida durante muchos años. No me daba cuenta de que para disfrutar solo hace falta toparse con un hombre que sepa bien lo que hace.

El momento escogido para hacer un comentario como ese resultaba de lo más irónico. Sin embargo, sus palabras sinceras fueron un alivio para él. Evidentemente no era amor lo que sentía por Scarlet. Era lujuria, lo mismo que siempre había sentido por ella. Tanto sexo le estaba afectando. Tenía que parar un poco.

–Gracias por el cumplido, Scarlet. Yo también he descubierto algo desde que me fui contigo a la cama.

Ella levantó la cabeza de nuevo.

–¿Qué?

–No aguanto más.

–Ni yo tampoco. De hecho, apenas puedo mantener los ojos abiertos –le dijo, volviendo a recostarse sobre su pecho.

–Me vendría bien dormir un poco –le dijo él. Por suerte ella no podía ver su rostro, tenso y contraído.

¿Cómo iba a dormirse teniéndola encima de esa manera?

No lo hizo. Se quedó allí tumbado, debajo de ella, intentando controlar la respiración, intentando dominar su propio cuerpo. Scarlet fue la primera en quedarse dormida. Y John lo agradeció, porque así podría echarla a un lado. Ella se acurrucó de inmediato y John la cubrió con una sábana antes de apartarse.

Una vez puso algo de distancia entre ellos, empezó a relajarse. Pero aun así pasó un buen rato despierto, esperando a que el sueño lo sumiera en un merecido olvido.

Capítulo 20

SCARLET se llevó una sorpresa cuando despertó y vio que el sol estaba tan bajo en el cielo. Debía de haberse dormido durante un par de horas por lo menos. No era propio de ella dormir durante el día, aunque tampoco era propio de ella tener tanto sexo a plena luz. En algún sitio había leído que tener un orgasmo era el mejor somnífero que podía tomarse, y parecía que era cierto. Era como si acabara de despertarse tras haber sufrido un desmayo.

John seguía dormido. Y todo por culpa de ella.

—Pobrecito —murmuró, acariciándole el brazo.

Él rodó sobre sí mismo y se puso boca arriba. Abrió los ojos. Ella se incorporó y le sonrió.

—Es hora de levantarse, bello durmiente. No sé tú, pero yo me muero de hambre. ¿Hay algún restaurante que abra pronto? —le preguntó, apartándose el pelo de la cara—. No sé si puedo aguantar mucho.

John, mirando sus pechos desnudos, empezó a sentir que su propio cuerpo volvía a la vida, pero logró controlar el impulso. Cuanto antes tomaran la cena, más larga sería la tarde noche.

—El club de vela sirve cenas a partir de las cinco y media —le dijo—. Solo está a unos pocos minutos en coche de aquí. Podemos sentarnos en la terraza, y la puesta de sol es espectacular. Deberías llevarte la cámara.

—Suena genial. Te veo en el salón en quince minutos

—le dijo. Saltó de la cama y se dirigió a la puerta. Sin duda iba hacia el cuarto de baño principal, y a la habitación de invitados, donde había dejado todas sus cosas.

—¡Scarlet! —gritó él antes de perderla de vista.

Ella se volvió desde la puerta. Ya no sentía vergüenza al enseñarle su cuerpo. Eso era un buen síntoma.

—¿Qué?

—Un vestido, por favor. Y nada de ropa interior.

Ella parpadeó y entonces se sonrojó.

—Sin «peros». Sin discusiones. Sin ropa interior.

Ella levantó la barbilla, desafiante.

—No. No voy a hacer eso.

—¿Por qué no? Te gustará.

—No. No me gustará.

—¿Y cómo sabes que no?

—Lo sé.

—¿Igual que sabes que no te gusta ir de acampada? ¿O de pesca? No has probado ninguna de las dos cosas. Inténtalo, Scarlet. Nadie lo sabrá excepto yo.

—Bueno, pues ya son demasiadas personas. Estuve de acuerdo en tener sexo contigo, John, pero no he accedido a esa clase de... fetichismos.

Él arqueó las cejas.

—Bueno, yo no lo llamaría fetichismo.

—Yo sí.

—Muy bien. No querría que hicieras nada con lo que no te encontraras cómoda.

—Y no tengo intención de hacerlo. Ahora voy a vestirme.

Molesto, John se puso en pie y empezó a vestirse. Era obvio que a Scarlet aún le quedaba mucho para dejarse consumir totalmente por el placer del sexo. Él era el que tenía el problema en realidad.

Ella regresó con un vestido de flores, con falda de

vuelo, cintura estrecha y corpiño con cuello halter. Llevaba el pelo recogido de cualquier manera, y varios mechones le caían sobre la frente de forma caprichosa. No llevaba más maquillaje que un brillo de labios, pero, aun así, sus mejillas resplandecían y sus ojos azules brillaban. Estaba tan fresca, tan sexy, hermosa...

—No llevas sujetador —le dijo él en un tono gruñón, viendo la silueta de sus pezones dibujada en la tela.

Ella se encogió de hombros.

—Hay vestidos con los que no se puede llevar sujetador.

—Ya —le dijo él en un tono un tanto hosco—. Creo que deberías llevar una rebeca o una chaqueta —le dijo, yendo hacia la puerta—. A lo mejor refresca después de la puesta de sol.

—Voy por una.

Él no hizo ningún comentario. No quería retrasar más la salida. Cuanto antes se la llevara al club de vela, antes podrían comer y regresar.

Scarlet no dijo ni una palabra durante el camino. En realidad se sentía un poco culpable, y muy incómoda, porque había hecho lo que él le había pedido, salir sin ropa interior.

Para cuando llegaron al club de vela, ya estaba bastante tensa. Era un local pequeño, construido en una parcela bien escogida justo al lado de la bahía. Tenía una sola planta, con una terraza bastante amplia, sillas y mesas de madera y plástico, muchas de ellas al borde del agua, situadas a la sombra de frondosas palmeras... Como llegaron tan pronto consiguieron una de las mejores mesas, desde donde podrían ver la puesta de sol en todo su esplendor.

Para entonces el sol ya había bajado mucho y empezaba a ponerse de color dorado. La belleza del atardecer distrajo a Scarlet durante un rato; la alejó de los temores que la atenazaban.

–¿Cuánto falta para la puesta de sol? –le preguntó a John.

–No mucho. Es hora de empezar a hacer fotos. Yo voy a pedir. ¿Qué quieres? Puedes tomar filete con ensalada, pescado con patatas, algún asado, comida china...

–Pescado y patatas.

–Muy bien.

Scarlet sacó el teléfono y aprovechó para hacer fotos. Cuando él regresó, el sol ya estaba perdiéndose en el horizonte. Se había convertido en una bola de fuego, roja y resplandeciente.

–Gracias –le dijo ella cuando él le puso una copa de vino blanco delante–. Pero no puedo bebérmela todavía. No me quiero perder ni un segundo de esto –añadió y se volvió hacia el horizonte de nuevo.

Resultaba increíble que el sol pudiera ponerse tan rápido. Un minuto antes apenas tocaba la línea del horizonte, y poco después casi se había ocultado del todo.

–Oh... –exclamó ella con un suspiro.

–Darwin es famoso por sus puestas de sol.

–Son espectaculares. Mi madre querrá venir cuando le enseñe las fotos. Y eso me recuerda... –agarró la copa–. Tengo que llamarla después. No dejes que se me olvide.

–¿Vas a llamar a tu madre todas las noches?

Scarlet bebió un sorbo y contó hasta diez antes de contestar. Entendía que la relación de John con su familia era muy distinta, pero eso no le daba derecho a ser tan crítico con algo que para ella era de lo más normal.

–Sí, John. Voy a llamar a mi madre todas las noches. La quiero mucho, y sé que me echa mucho de menos.

Siento mucho que te moleste tanto, pero tendrás que aguantarte.

Esperó a que él le soltara algún latigazo sarcástico, pero no lo hizo. Simplemente asintió con la cabeza.

—Siempre he admirado ese carácter tuyo, Scarlet. Y su sinceridad.

Scarlet agarró con fuerza la copa.

—No siempre soy sincera.

John le lanzó una mirada de sorpresa.

—¿En serio? ¿Cuándo no lo has sido?

Hablar de su madre la había hecho pensar en todas esas mentiras que le había contado antes de irse, y en todas las mentiras que tendría que decirle a partir de ese momento...

De repente la idea de estar allí sentada, sin bragas ni sujetador, se volvió más embarazosa que nunca. Era vergonzoso, pero excitante al mismo tiempo. Podía sentir ese calor en la entrepierna que le subía por los muslos...

—¿Scarlet? ¿Cuándo no has sido sincera?

—Yo... eh... Estaba pensando en las mentiras que le dije a mi madre. Va a ser difícil explicárselo todo después.

—Te refieres al hecho de quedarte embarazada, ¿no?

—Si es que me quedo embarazada.

—Cuando te quedes embarazada. Lo que sea. Es un poco pronto para empezar a inventar historias. Ya nos ocuparemos de eso cuando estés embarazada.

—Siento darle tantas vueltas a las cosas, John, pero tengo que tener una historia sólida en la cabeza antes de esta noche. El tema me tiene un poco preocupada.

—Muy bien —dijo él, tratando de ser paciente—. Tal y como yo lo veo, tienes dos opciones. Puedes contarle la verdad a tu madre, o puedes decirle que te encontraste conmigo por casualidad y que tuvimos una pequeña aventura.

Scarlet sacudió la cabeza.

—La última idea no va a funcionar. Mi madre no se va a creer nada. Ni tus padres. Y aunque lo hicieran, empezarían a preguntarse qué estabas haciendo en Darwin cuando se suponía que estabas en Brasil.

—Entonces cuéntales la verdad.

—¿Y la verdad es...?

—Que me dijiste que querías tener un bebé desesperadamente y que, por amistad, yo me ofrecí a ser el padre, todo sin compromisos de ninguna clase. Puedes decirle que acordamos vernos en Darwin, pero que lo mantuvimos en secreto por si no te quedabas embarazada.

Scarlet frunció el ceño.

—Supongo que eso suena bastante razonable. Mi madre se lo creería, porque ella sabe lo de la clínica de inseminación, pero no sé qué pensarán tus padres. Después de todo, siempre hemos sido enemigos.

—Tonterías. Mi madre nunca ha pensado eso, y mi padre directamente no piensa. Iremos con la verdad por delante, y se lo diremos todo cuando llegue el momento. ¿De acuerdo?

—Supongo.

—Mira, Scarlet... Te he traído hasta aquí para que te relajes y te lo pases bien. Olvida el futuro durante unos días, y piensa en disfrutar.

—Eso es lo que he estado haciendo.

—¿Y qué tiene de malo?

—No sé si lo que hemos estado haciendo es divertido.

—Bueno, si no lo es, ¿qué es si no?

—Peligroso.

—¿De qué manera?

—A lo mejor llega a gustarme demasiado.

–¿El sexo?

–Sí.

–No veo por qué va a ser peligroso eso.

–Los hombres suelen tener otra idea de esto.

En ese momento empezó a sonar el timbre. La comida estaba lista. John se levantó, agarró el aparato.

La comida estaba exquisita. El pescado rebozado y cocinado a la cerveza estaba delicioso, y las patatas estaban crujientes y jugosas al mismo tiempo. El olor de la comida le reabrió el apetito a Scarlet, que empezó a comer con gusto. El tiempo que pasó degustando los manjares fue un gran alivio, una tregua que le permitió calmarse un poco. No se estaba enamorando de John. Solo estaba siendo un poco tonta e ingenua.

Cuando se marcharon del club de vela y pusieron rumbo a casa, no obstante, la tensión ya había vuelto a apoderarse de ella. John parecía sentir algo parecido. No hacía más que mirarle el escote... lo cual significaba que estaba listo para atacar en cuanto estuvieran solos.

De repente Scarlet volvió a recordar que no llevaba braguitas... No podía dejarle ver que estaba desnuda debajo de aquel vestido. Su orgullo no se lo permitía.

–Voy a llamar a mi madre primero –le dijo en cuanto entraron en la casa.

–Muy bien. Yo tengo que hacer un par de llamadas también –añadió y se dirigió a la cocina.

Scarlet se fue a la habitación de huéspedes. Se puso unas braguitas blancas rápidamente y llamó a su madre. El teléfono dio timbre durante un buen rato, pero su madre no contestó. Al final saltó el contestador.

La llamó al móvil, pensando que probablemente estaría apagado, pero no fue así. Su madre contestó casi de inmediato.

–¡Mamá! Tenías el móvil encendido.

–Pensé que sería buena idea. Sabía que ibas a llamarme esta noche y no quería dejar de hablar contigo.

–¿Pero dónde estás? Hay mucho ruido.

–Estoy en Erina Fair, haciendo unas compras. Lo que oyes es la lluvia sobre el tejado. No ha dejado de llover a cántaros desde que te fuiste.

–Pues aquí no llueve nada. Hoy ha hecho muy buen día, unos veinticinco grados, con una brisa suave que venía del mar.

–Te lo estás pasando muy bien, ¿no?

–No he hecho gran cosa. Fui a dar un paseo por la ciudad, por el paseo marítimo, que está recién reformado. Acabo de volver de cenar en el club de vela.

–¡El club de vela, nada más y nada menos! Eso suena genial.

–Bueno, en realidad, no es lo que te imaginas. No tiene nada de glamour. Es un sitio bastante informal. Puedes comer al lado del mar y disfrutar de una puesta de sol impresionante. Hice muchas fotos. ¿Has visto las fotos del apartamento que te mandé?

–Sí, claro. Parece un sitio precioso, y las vistas son fantásticas.

–He hecho muchas fotos más hoy. Te las mando por correo en cuanto cuelgue.

–Oh, no te preocupes, cariño. Puedes enseñármelas cuando regreses. Además, así puedes contármelo todo. ¿Adónde vas mañana?

–No sé. No tengo nada planeado todavía. A lo mejor doy otro paseo por Darwin, y me quedo leyendo en el balcón.

«O puedo pasar todo el día en la cama, haciendo realidad todas mis fantasías...».

–Puedes hacer lo que quieras, cariño. Y no tienes que llamarme todos los días. Estás allí para tomarte un buen descanso. Además. Yo no estoy sola. Estoy con las chicas en la peluquería todo el día, y mañana por la noche tengo mi taller de costura. Carolyn, por cierto, me ha invitado a cenar en su casa el sábado. Supongo que piensa que te echo mucho de menos, y es verdad. Pero no estoy triste. Me encanta que estés disfrutando de estas vacaciones. Te diré una cosa... No me llames hasta el domingo por la noche. Para entonces tendrás muchas cosas que contarme.

–Muy bien. Te llamo el domingo a eso de las siete. Adiós, mamá. Cuídate.

–Y tú también, cariño. Te quiero. Adiós.

Scarlet suspiró y colgó. Su madre la echaba de menos, pero hacía todo lo posible por disimularlo. A lo mejor era una suerte para ella haber aprendido a estar sola durante un tiempo.

Y era mejor que no supiera lo que su hija se traía entre manos durante las vacaciones. Se hubiera llevado una sorpresa enorme.

Pero Scarlet ya no podía fingir estar sorprendida. La lujuria que la consumía borraba la sorpresa y la vergüenza. Estaba deseando estar con John de nuevo. El corazón se le aceleró. Se apresuró hacia la cocina. Él estaba despidiéndose por el teléfono. Lo dejó sobre la encimera de la cocina y la miró.

–Pensaba que ibas a hablar durante mucho más tiempo.

–La conexión no era muy buena –le dijo Scarlet, sorprendida de poder hablarle en un tono tan calmado–. Llovía tanto que apenas la oía. ¿Con quién estabas hablando? –le preguntó, manteniendo todavía esa fachada de frialdad, aunque por dentro se estuviera derritiendo.

–Era un compañero. Tiene un helicóptero. Se llama Jim. Antes llamé a otro amigo, Brad. Tiene una empresa de alquiler de barcos. He estado preparando actividades para los próximos tres días. Mañana nos vamos a hacer ese crucero por la bahía, en el que te enseñan a pescar. El sábado nos vamos a Kakadu y a otros enclaves turísticos, en helicóptero. Y luego por la tarde Jim nos dejará en un sitio muy especial en donde te voy a enseñar que ir de acampada también es divertido. El domingo por la mañana Jim volverá a por nosotros, y después vamos a ir de pesca en helicóptero. Después cocinaremos lo que capturemos. ¿Qué te parece?

–Genial –dijo ella.

En realidad le daba igual lo que hicieran al día siguiente, el sábado o el domingo. Lo único que le importaba era el presente.

–¿John?

–¿Sí?

–¿Podrías dejar de hablar ahora? Realmente necesito que me hagas el amor.

John se la quedó mirando fijamente. Su mirada era hambrienta.

–En ese caso, realmente necesito que te quites ese vestido –le dijo en un tono bajo y grave–. Si no recuerdo mal, sí que te dije que no se permitía la ropa cuando estuviéramos juntos.

Scarlet tragó con dificultad.

Afortunadamente había vuelto a ponerse las braguitas. No quería que él supiera que se había pasado toda la cena sin bragas. Eso hubiera sido una vergüenza.

Se bajó la cremallera del vestido. Unos segundos después la prenda estaba en el suelo, a sus pies.

–Y lo demás también.

Con manos temblorosas se quitó las braguitas. Las echó a un lado y se puso erguida frente a él. Solo le quedaban los zapatos.

–Scarlet King... Eres una mujer preciosa –le dijo, yendo hacia ella.

Antes de que la estrechara entre sus brazos, Scarlet supo que esa noche haría cualquier cosa que él le pidiera. Cualquier cosa...

Capítulo 21

Domingo por la tarde

—Todavía no me puedo creer lo mucho que me gusta la pesca —le dijo Scarlet, volviendo al apartamento.

John llevaba una bolsa de comestibles que había comprado en un supermercado cercano.

—Me lo pasé muy bien el viernes, pero esta mañana ha sido genial.

Acababan de volver de la expedición de pesca en helicóptero. El helicóptero los había dejado junto al río, en una zona llena de percas gigantes. Habían pescado muchas, demasiadas, en realidad. Le habían dado unas cuantas a Jim, y aún les habían quedado muchos para llevar a casa. Habían metido cuatro en el congelador de John y se habían reservado una grande para la cena.

—Me gustó mucho la acampada también —añadió ella, aunque el lugar le había gustado mucho más que tener que vérselas con los elementos de la Naturaleza.

El sitio que John había escogido para acampar era precioso; un meandro de agua fresca rodeado de acantilados por tres de sus lados y alimentado por una cascada que brillaba como un puñado de diamantes a la luz del atardecer.

Él esbozó una sonrisa.

—Lo que te gustó, señorita, fue compartir mi saco de dormir.

Scarlet no podía negarlo. Había sido maravilloso dormir así, acurrucada a su lado, sus cuerpos unidos. John le había hecho el amor varias veces a lo largo de la noche.

–Tengo que decir que me ha sorprendido lo bien que te has adaptado a la vida salvaje.

–¿Qué quieres decir? –le preguntó ella, sorprendida. Él sonrió.

–En cuanto te convencí de que nadie podía verte, te zambulliste desnuda en el lago sin ningún problema. Y luego te sentaste junto al fuego.

–No te pases.

–Y tú no empieces a ser hipócrita ahora. No nos pasamos en nada de lo que hicimos. Todo fue muy divertido.

¿Divertido? ¿Divertido? ¿Estar con ella no era más que eso para él?

Era una realidad descorazonadora, pero tenía lógica. John no se enamoraba de nadie. Aunque fuera capaz de hacerlo, simplemente no quería.

Desafortunadamente, ella era todo lo contrario. Sí que quería enamorarse, y de repente sentía que ya lo estaba... La noche en que habían ido al club de vela había presentido esas consecuencias tan desastrosas. ¿Cómo había sido tan tonta como para creer que podría evitarlo?

¿Cómo iba a convertir a John en el padre de su hijo? Le buscó con la mirada. A lo mejor sus sentimientos por ella sí se habían vuelto más intensos, pero lo único que veía en su rostro era irritación e impaciencia.

–No vas a empezar a discutir, ¿verdad, Scarlet?

Scarlet sintió que el corazón se le caía a los pies.

–Creo que deberíamos volver al apartamento –le dijo ella. Dio media vuelta y echó a andar por la acera.

John sacudió la cabeza y fue tras ella. Todo estaba saliendo según el plan. Todo. Claramente ella se había vuelto adicta al sexo con él, muy adicta... Y él estaba encantado de satisfacerla. Nunca antes había sentido ese ansia tan profunda que sentía cuando estaba con ella. Ella le subía la temperatura con solo mirarlo una vez. Nunca se cansaba de ella. Era tan sexy, tan dócil...

Hasta ese momento.

–¿Qué pasa? –le preguntó mientras subían en el ascensor.

Scarlet todavía intentaba asimilar el golpe de la cruda realidad.

–Nada –le dijo. Todavía no estaba lista para dar respuestas.

–No soy tonto, Scarlet. Cuando he dicho que fue divertido, te cambió la cara. Pero no sé por qué.

–Sí, bueno, es evidente que yo no me tomo el sexo tan a la ligera como tú. No soy chica de una noche. Lo que hemos estado haciendo juntos... ha sido demasiado. Si te soy sincera, empieza a preocuparme.

–Ya. Entiendo.

Las puertas del ascensor se abrieron y ambos se dirigieron hacia el apartamento. John se sacó las llaves del bolsillo. Abrió sin decir ni una palabra y se dirigió hacia la cocina con la compra. De repente empezó a sonar un teléfono que no era el suyo. Scarlet echó a correr hacia la habitación de invitados.

John la oyó contestar, pero entonces ella cerró la puerta.

Diez minutos más tarde, salió. Nada más verla John supo que algo iba mal, muy mal.

–Era Joanna –le dijo ella, sin darle tiempo a preguntar–. Es una de las chicas de la peluquería. Mi madre se cayó el jueves cuando regresaba a casa con la compra.

Resbaló sobre unas losas mojadas y se torció la muñeca. Tengo que irme a casa, John.

—Espera un momento —dijo él. El estómago se le había revuelto de inmediato—. ¿Qué quieres decir? Seguro que tu madre puede arreglárselas sola. Solo es la muñeca. No se ha roto un brazo ni una pierna. Tienes buenas amigas y vecinos. Todos la ayudarán. ¿La has llamado? ¿Te ha dicho que quiere que vuelvas?

—Claro que no la he llamado, porque me va a decir que me quede aquí. Pero no puedo hacer eso, no ahora que sé lo que ha pasado. Me necesita, pienses lo que pienses. Y la peluquería también. No pueden estar sin dos peluqueras con jornada completa. Vamos a perder clientes. Joanna me dijo que el viernes y el sábado fueron un caos. Afortunadamente, mañana va a ser un día flojo. Pero para el martes, tendré que estar allí.

—¿Y no pueden buscar a alguien de forma temporal? Ella soltó una risotada seca.

—Cuando unas de las chicas se tomó la baja de maternidad el año pasado, nos costó muchísimo encontrar a alguien. No podríamos encontrar a alguien tan rápido. Mira, no tiene sentido discutir de esto, John. He tomado una decisión. Ya he llamado a la compañía aérea y tengo un billete en el primer vuelo que sale mañana por la mañana. Tengo que estar en el aeropuerto antes de las seis y media.

—¿Qué? ¡Por favor, Scarlet! Esto es absurdo. Tres días más aquí. Eso es todo lo que necesitas. Tres días y lo vas a echar todo por la borda. Piensa en ti por una vez. Tu madre sobrevivirá. El negocio sobrevivirá. De acuerdo. Perderás un poco de dinero, y a lo mejor un par de clientes, pero tendrás lo que siempre has querido. Un bebé.

—Aunque me quedara tres días más, John, no tengo garantía alguna de quedarme embarazada.

Él arrugó los párpados. Su expresión de volvió dura.

—¿Por qué no te afecta?

—Claro que me afecta mucho.

—En absoluto. Te aprovechas de esta excusa porque quieres irte. No quieres que sea el padre. Eso es lo que hay al final, ¿verdad?

Ella estuvo a punto de mentir de nuevo. ¿Pero qué sentido tenía?

—Sí —le confesó—. Eso es lo que hay al final.

John apenas podía creerse que estuviera tan furioso.

—¿Y qué he hecho para hacerte cambiar de opinión?

—Nada. El problema es mío.

—¿Y eso qué significa?

—Por muy raro que parezca, corro peligro de enamorarme de ti. Es una debilidad que tienen algunas mujeres cuando disfrutan mucho acostándose con un tipo. Pero no me quiero enamorar de ti, John. De verdad que no.

—¿Y por qué no?

Ella se limitó a mirarlo. No podía creerse que acabara de hacerle una pregunta tan tonta.

—¿Y por qué crees que no? A ti no te va eso del matrimonio y el amor. Eres un solitario empedernido que solo va a casa por Navidad y no se preocupa por nadie excepto por sí mismo. No creo que quieras ser padre en realidad. Todavía no entiendo por qué me hiciste esa oferta en primera instancia. Nunca tuvo mucho sentido para mí.

—Ni para mí —le espetó él. Su temperamento estaba fuera de control—. Fue un gesto muy impulsivo y me arrepentí de ello en cuanto te lo dije. Pero entonces tú me buscaste y yo pensé... ¿Qué demonios? Como te dije, siempre me habías gustado mucho, y allí estabas, en bandeja de plata.

Scarlet hizo una mueca de dolor. Probablemente se merecía lo que acababa de oír.

–Muy bonito –le dijo, levantando la barbilla–. Entonces no será un problema para ti si terminamos con esto aquí y ahora. Después de todo, ya me has tenido en tu cama.

–Ya lo creo, cielo. ¡Ya he conseguido todo lo que quería de ti!

Scarlet sintió el picor de las lágrimas en los ojos, pero no quiso derramar ni una delante de él.

–Siempre supe que eras un cerdo. No pienso cocinar ese pescado. No tengo apetito. Y me voy a dormir a la habitación de huéspedes esta noche.

–¿En serio? ¿No quieres una sesión de despedida?

Ella le taladró con la mirada. El amor podía convertirse en odio muy fácilmente.

–No te molestes en llevarme al aeropuerto. Pediré un taxi –dio media vuelta y echó a andar.

John abrió la boca... Estuvo a punto de gritarle algo...

«Déjala ir. Tiene razón. Eres un cerdo egoísta. Serías un padre terrible. Incluso peor que el tuyo. Vete lejos. África, quizás... Aléjate todo lo que puedas de casa, y de ella...».

Capítulo 22

EL AVIÓN salió poco después de las siete y media de la mañana. Scarlet se inclinó sobre su asiento y cerró los ojos. Había sido una noche muy larga. No había dormido mucho.

Había llamado a su madre la noche anterior, a las siete, tal y como le había prometido. Le había dicho que sabía lo de la muñeca rota y que regresaba a casa al día siguiente. Su madre le había puesto unas cuantas objeciones, pero Scarlet se había empeñado en regresar.

Había sido duro... no echarse a llorar durante la llamada. Pero después ya no había podido aguantar más y se había dormido llorando. Alrededor de medianoche se había despertado y había ido a la cocina para prepararse una taza de té y una tostada. John no se había movido, por suerte. Y a la mañana siguiente tampoco. Había salido del apartamento sin tener que hacerle frente de nuevo.

Mejor así. No hubiera podido soportarlo.

Los ojos se le llenaron de lágrimas mientras pensaba en la discusión que habían tenido. Él había sido tan cruel. Sin embargo, sí que había algo de verdad en sus palabras. Había sido ella quien se había puesto en contacto con él, y había disfrutado del sexo en todo momento, incluso antes de enamorarse de él.

Enamorarse de John le había dejado algo muy claro. Nunca había estado del todo enamorada de Jason. De haber sido así, el engaño le hubiera dolido muchísimo más.

¿Qué podía hacer a partir de ese momento? No iba a volver a la clínica, al menos durante un tiempo. No estaba en condiciones de volver a pasar por lo mismo, y tampoco quería plantearse lo de ser madre soltera. Una madre soltera tenía que ser fuerte, estable... Tenía que estar segura de sí misma. Ella, en cambio, ya no estaba segura de nada.

Las lágrimas inundaron sus ojos en ese momento, abundantes y calientes. La señora que estaba sentada a su lado se alarmó profundamente al verla llorar así. Llamó a la azafata. Le trajeron una cajita de pañuelos y una copita de brandy. Pero Scarlet siguió sollozando de vez en cuando durante el resto del vuelo a Sídney.

Para cuando aterrizaron, ya se le habían acabado las lágrimas. El viaje en tren a Gosford transcurrió como en una nebulosa. Scarlet se preparó para poner buena cara durante el trayecto en taxi, pero, aun así, le costó mucho esconder la angustia con una sonrisa mientras su madre veía las fotos y hacía comentarios sobre Darwin.

En cuanto pudo, le dijo que estaba agotada y fue a darse un baño. Después le preparó la cena y se fue a la cama. Por suerte, esa noche durmió como un lirón. A la mañana siguiente se fue pronto al salón de belleza y cuando llegaron el resto de las chicas todo estaba preparado. Las cuentas, los pedidos, el material...Todo el mundo estaba encantado de verla, sobre todo Joanna.

–Tu madre se enfadó conmigo por haberte llamado –le dijo Joanna en privado–. Pero yo sentí que tenía que hacerlo.

–Hiciste lo correcto, Joanna –le dijo Scarlet con firmeza y lo decía de verdad.

Le fue difícil, no obstante, mantener la cabeza ocupada en el trabajo esa noche. Por alguna extraña razón, no podía dejar de pensar que John podía ponerse en contacto con ella en cualquier momento, por teléfono o con un mensaje de texto. Una esperanza absurda... ¿Por qué se iba a molestar? Todo había acabado. Habían acabado.

Para el miércoles ya estaba totalmente entregada al trabajo. Su madre la acompañó a la peluquería. Decía que por lo menos podría contestar al teléfono y hacer café. Llevaba la muñeca escayolada, pero podía mover los dedos y estaba aprendiendo a usar la mano izquierda.

Scarlet agradeció la compañía, sobre todo durante el tedioso camino a casa después de una larga jornada de trabajo. Había tomado la autopista de Central Coast, en vez de ir por Terrigal Drive, y el tráfico estaba cada vez peor a causa de las obras. Qué gran alivio sería tener dos carriles en vez de uno solo... Cuando se quejó su madre le dijo que por lo menos no estaba lloviendo.

–Te has traído el sol a casa –le dijo, sonriente.

–Si tú lo dices, mamá –le dijo Scarlet con los dientes apretados.

Pero el sol ya no brillaba en ese momento. Se había puesto unos quince minutos antes.

Poco después de las seis, Scarlet entró en el camino que llevaba a su calle. Al doblar la esquina, suspiró, contenta de estar en casa por fin. Al ver un coche plateado aparcado frente a la casa, frunció el ceño. El vehículo parecía totalmente nuevo, y muy caro.

–¿De quién es ese coche? ¿Lo sabes? –le preguntó a su madre, parando junto al vehículo.

Era un coche de alta gama. Debía de costar un dineral. No había nadie al volante, pero tenía matrícula de

New South Wales y también el nombre de un concesio-
nario de Sídney.

–No tengo ni idea –le dijo su madre–. No creo que
sea nadie que venga a vernos a nosotros.

–Cierto –dijo Scarlet, apretando el botón del mando
del garaje.

Estaba esperando a que la puerta se abriera del todo
cuando captó algo por el espejo retrovisor. Se dio la
vuelta. Era John, caminando hacia ellas, vestido con un
elegante traje gris, camisa y corbata. Se detuvo junto al
asiento del acompañante y le dio un golpecito en la ventanilla. Scarlet se quedó boquiabierta.

–¡Dios! –exclamó su madre–. Es John Mitchell. Scarlet, baja la ventanilla, a ver qué quiere.

Una extraña mezcla de emociones se apoderó de
Scarlet. Apretó el botón de la ventanilla.

–Sí, John. ¿Qué pasa?

–Hola, señora King –le dijo él con una sonrisa–. Mi
madre me dijo que había tenido un pequeño accidente.
Espero que ya se encuentre mejor.

–Sí, gracias, John. ¿Pero qué te trae por aquí? Creía
que habías vuelto a Brasil.

–Ese era el plan inicial, pero pasó algo inesperado y
he decidido quedarme a vivir en Terrigal. La cosa es,
señora King, que sé que Scarlet trabajaba como agente
inmobiliario y estoy pensando en comprarme una casa
por aquí... Me gustaría que me diera algún consejo que
otro. No me gusta esperar mucho y me preguntaba si
podría robársela un rato durante la cena. Mi madre estaría encantada de invitarla a cenar hoy, así que no tendrá que preocuparse de nada. ¿Qué me dices, Scarlet?
Hoy traigo mi propio coche –le dijo, mirando hacia el
coche plateado–. No estás muy cansada, ¿no?

¿Qué podía decirle, si todavía estaba intentando aye-

riguar qué se traía entre manos? A pesar de ese inesperado estallido de euforia que había sentido al verle, apenas podía creerse lo que acababa de decirle. Él jamás
volvería a vivir de forma permanente allí. Solo era una
excusa para estar a solas con ella. Una estratagema, un
ardid... A John le gustaban los planes. ¿Pero de qué
clase de plan se trataba esa vez?

Una alarma estruendosa sonó en su cabeza. Era una
advertencia. Tenía que andarse con cuidado.

–No. No estoy muy cansada –le dijo, contenta de ser
capaz de mantener la calma–. Pero primero me gustaría
darme una ducha y cambiarme. Llevo todo el día en el
trabajo. Dame media hora, ¿quieres?

–Muy bien –dijo él–. Llamaré a tu puerta en media
hora.

–Bueno, vaya sorpresa –dijo Janet King, viéndole
marchar por el espejo retrovisor–. Siempre le gustaste,
¿sabes?

–Oh, mamá, no digas tonterías –dijo Scarlet, me-
tiendo el coche en el garaje.

–No es una tontería. Tengo ojos. Y a ti tampoco te
resulta indiferente. Os vi a los dos en la fiesta de Carolyn. Si juegas bien tus cartas, a lo mejor no tienes que
volver a esa clínica.

–¡Mamá! Me dejas de piedra.

Su madre puso los ojos en blanco.

–Scarlet King, tienes treinta y cuatro años. Muy pronto
cumplirás treinta y cinco. No es tiempo de escandalizarse.
Bueno, ¿qué te vas a poner? Algo sexy, espero.

Scarlet no podía creerse lo que estaba oyendo. Quería reírse a carcajadas... Todo era tan irónico... No se
puso nada sensual, no obstante. Su armario de invierno
no contenía ninguna prenda sexy, pero sí elegante.
Combinó unos pantalones de lana marrones con un jer-

sey color crema de cuello barco. Se puso unos pendientes de oro y perlas y se echó unas gotas de su perfume favorito, de vainilla, pero no muy fuerte.

Estaba a punto de agarrar la chaqueta cuando sonó el timbre. Miró el reloj. John llegaba un par de minutos antes.

Con la chaqueta colgada del brazo, agarró el bolso y salió lentamente de la habitación. Su madre había abierto ya y la estaba llamando. Le decía que se iba directamente a casa de Carolyn y que no olvidara las llaves, pues probablemente ya estaría dormida cuando llegaran. Cuando Scarlet llegó al vestíbulo, su madre ya se había ido. John estaba bajo la luz del porche.

Scarlet fue consciente del palpitar enloquecido de su corazón. Caminó hacia él.

—Quiero saber a qué has venido. No más mentiras.

—No he dicho ninguna mentira.

—¿Qué? ¿Se supone que tengo que creerme que vas a comprar una casa aquí en Terrigal?

—A lo mejor no en Terrigal, pero en algún sitio de Central Coast sí.

—Pero si siempre has dicho que...

Él le puso una mano sobre el hombro.

—Scarlet, ¿podríamos tener esta conversación en un sitio más privado?

—Oh —dijo ella suavemente—. Muy bien.

—Cierra entonces. Y pongámonos en camino.

Ella logró cerrar sin tirar al suelo el juego de llaves. Por los pelos... John la agarró del codo derecho y la condujo a la puerta del acompañante del coche. Le abrió la puerta.

Scarlet subió, en silencio. No sabía qué decir. Normalmente era una persona con bastante don de palabra, pero no en esa ocasión. Tenía un torbellino en la mente.

–He reservado mesa en el Seasalt Restaurante, en el Crowne Plaza –dijo John, poniéndose al volante–. Mi madre me aseguró que la comida es excelente. De hecho, nunca he cenado en ningún restaurante de la zona, así que también es mi primera vez –encendió el motor y arrancó.

–¿Qué quiere decir eso exactamente?

–Todo a su debido tiempo. Todo a su tiempo.

–Bueno, creo que ahora es tan buen momento como cualquier otro. Estamos solos. Lejos de nuestra calle. Por favor, para y dime qué pasa.

–Ni hablar. No vamos a hacerlo así.

–¿Y cómo lo vamos a hacer?

–No voy a dejar que les cuentes a nuestros hijos que su padre te propuso matrimonio en el arcén de una carretera.

–¿Pro... propuso qué...?

–¿Es qué no te suena de nada esa palabra? Y yo que pensaba que eras una chica muy inteligente. Quiere decir pedir matrimonio.

Scarlet no sabía si reírse o llorar. No podía estar hablando en serio.

Sí lo estaba.

De repente sintió que estaba a punto de llorar.

Él paró el coche en el arcén. Apagó el motor.

–Bueno, has vuelto a estropearlo todo de nuevo. Iba a hacer todo esto durante la cena, con velas y todo. Música, champán, toda la parafernalia... Pero parece que hay chicas que no pueden esperar –se volvió hacia ella y se sacó una cajita plateada del bolsillo de la chaqueta.

Scarlet contuvo la respiración cuando vio lo que había dentro. Se tocó las mejillas con las manos.

–Oh, John –exclamó.

–Scarlet King... Te quiero. No, eso es poco decir. Estoy loco por ti, y no puedo vivir sin ti. ¿Me concedes el honor de ser mi esposa?

Scarlet sintió que los ojos se le llenaban de lágrimas. Su corazón estaba demasiado lleno de palabras.

—Una vez me dijiste que un diamante solo servía si venía sobre un anillo de oro y acompañado de una proposición de matrimonio.

Ella sonrió.

—Es precioso —dijo tocando el enorme solitario—. ¿Es uno de los tuyos?

—No. En realidad no tengo ningún diamante decente en mi colección de gemas. Este lo compré ayer en Sídney, junto con el coche y la ropa. Quería impresionarte.

—Y estoy impresionada, pero...

—Sin «peros». Sé que una vez te dije que lo del matrimonio no era para mí, que era un soltero empedernido. Pero al final los hombres también quieren casarse, cuando encuentran el amor verdadero. Créeme cuando te digo que quiero pasar el resto de mi vida contigo.

—Oh, cariño —le dijo ella, rendida ante su declaración de amor. Los ojos le escocían.

—Déjame terminar... Supongo que también te preocupa mi relación con mi familia, con mi padre en especial. No tienes nada de qué preocuparte, Scarlet, de verdad. Tuve una larga charla con mi padre hoy y averigüé algo de lo que no era consciente. Por lo visto, después de la muerte de Josh, mi padre sufrió una profunda depresión que nunca le trataron bien. Se entregó a la bebida y eso le permitió lidiar con el día a día. Cuando se retiró, mi madre lo convenció para que fuera a ver a otro médico. Fue entonces cuando le hicieron un buen diagnóstico y le dieron la medicación que necesitaba. Eso explica ese cambio de actitud que ha tenido recientemente. Hoy me dijo lo mucho que sentía habernos tratado a mi madre y a mí como lo hizo. Lo siente mucho. Así que, ya ves... No tienes motivo para desconfiar. Estoy deseando venir a vivir aquí. A lo mejor incluso monto una empresa de pesca en lugar de volver a dedicarme a la minería. Después de todo, un hombre no debería viajar todo el tiempo, siempre en peligro... ¿No?

—Claro que no —dijo ella. Los ojos se le llenaron de lágrimas de nuevo.

—Oye... ¿Por qué todas esas lágrimas? Pensaba que te alegrarías.

—Y me alegro. Y, John...

—¿Sí?

—Yo también te quiero. Mucho.

Los ojos de John emitieron un destello.

—De alguna manera lo supe en cuanto me aclaré un poco. Poco después de que saliera tu vuelo. Solo me llevó un tiempo averiguar qué hacer. Tenía que tener un buen plan, ¿sabes?

—¡Oh, tú y tus planes! Nunca supe cuáles eran tus planes en Darwin.

—Mmm. Sí, bueno, ese plan todavía está en marcha.

—¿En serio? ¿De qué manera?

—Te lo diré todo muy pronto. ¿Entonces eso es un «sí»? ¿Puedo sacar el anillo de la caja y ponértelo en el dedo?

Ella asintió y él le puso la sortija. Le encajaba a la perfección.

Le agarró la mano con fuerza y la miró a los ojos.

—No puedo decirte lo mucho que siento todas esas cosas horribles que te dije la otra noche, Scarlet. Fue imperdon...

—Sh —dijo ella—. Amar significa no tener que decir nunca «lo siento».

—Menos mal —dijo él, riendo—. De no ser así, tendría que pasarme toda la noche disculpándome.

–Pues yo prefiero esa cena con velas de la que hablabas.

–Y yo.

–Solo hay un problema –dijo Scarlet.

–¿Y cuál es?

–¿Qué les vamos a decir a nuestros familiares y amigos? No se van a creer lo del compromiso. Parecerá demasiado repentino a sus ojos.

John frunció el ceño.

–Probablemente tienes razón. A lo mejor tienes que esconder ese anillo durante un tiempo, por lo menos hasta que estés embarazada.

Scarlet se quedó boquiabierta. John sonrió sin más.

–Te dije que mi plan de Darwin todavía está en marcha. Era un plan muy bueno, e incluía sexo del bueno todos los días, seguido de dos o tres días de abstinencia hasta que llegues a la fase de máxima fertilidad...

–Vaya.

–Sí. Sé que suena un poco tremendo cuando lo dices en alto, pero no por eso deja de ser un buen plan. Ya que hemos pasado por una fase de abstinencia, no solo reservé una mesa para cenar en el Crowne Plaza esta noche. También reservé una habitación. Y, antes de que lo digas, mi querida futura esposa, sé que no hay ninguna garantía de que vayamos a engendrar un bebé esta noche, pero sí hay algo que será completamente nuevo para ti. Esta noche te va a hacer el amor un hombre que te ama de verdad. Esta noche, te sentirás segura en sus brazos. Esta noche, no habrá estrés porque, haya bebé o no, por lo menos nos tendremos el uno al otro hasta que la muerte nos separe.

Scarlet trató de contener las lágrimas. Nunca en la vida se había sentido tan emocionada. Había leído acerca del poder curativo del amor, pero nunca antes lo había experimentado por sí misma. Lo sentía en ese momento y jamás lo olvidaría.

–John Mitchell... Esas son las palabras más hermosas que jamás me han dicho. Y tú eres el hombre más maravilloso que he conocido. Creo que debo de ser la chica más afortunada de todo el planeta porque te he encontrado.

–Yo soy el más afortunado aquí... Vamos. No he comido nada en horas y tengo tanta hambre que podría comerme una perca gigante entera yo solo.

Scarlet sonrió y siguió haciéndolo durante el resto de la noche.

Capítulo 23

Quince meses después...

Scarlet entró de puntillas en la habitación y se detuvo junto a la enorme cuna. Su corazón se llenó de alegría. Aquella noche no habían hecho una, sino dos preciosas niñas.

La vida le había sonreído, por una vez.

Jessica y Jennifer se habían adelantado un mes, pero habían nacido fuertes y sanas. En cuestión de días les habían dejado llevárselas a casa; la casa que John había comprado para ellas. Situada entre las playas de Wamberal y Terrigal, estaba a unos minutos en coche de las casas de los abuelos, pero estaba lo bastante lejos para permitirles tener algo de intimidad. John no había puesto en marcha el proyecto de la empresa de pesca. Decía que estaba demasiado ocupado con sus funciones hogareñas. Scarlet tampoco había vuelto a la peluquería. Cuidar de las gemelas era un trabajo a jornada completa, incluso con dos abuelas y un abuelo entregados a sus nietas. El padre de John, aunque no se le dieran muy bien los bebés, sí que se había dedicado a ayudar mucho a su hijo con las cosas de la casa. Scarlet estaba encantada de ver que por fin estaban fraguando una buena relación entre padre e hijo. Un poco tarde quizá, pero era mejor tarde que nunca.

De repente sintió una mano en el hombro.

—Tu madre ha venido —le dijo John, dándole un beso

en la mejilla–. Le dije que las niñas estaban dormidas y le sugerí que viera un poco la tele mientras tanto. Creo que es hora de irse, señora. Pero, antes de que nos vayamos, ¿puedo decirle lo hermosa que está hoy?

–Hago todo lo que puedo –dijo ella en un tono seco.

Aunque profundamente enamorados, no habían abandonado la vieja costumbre de la lucha verbal.

–¿Cuánto tiempo llevamos casados? Oh, sí. Hoy hacemos un año. Doce meses completos. Trescientos sesenta y cinco días y todavía no te has divorciado de mí. Creo que eso se merece una recompensa, ¿no?

Sacó otra cajita de terciopelo.

Scarlet sintió que se le encogía el corazón. La abrió. Esa vez no era un diamante, sino tres gemas distintas: una esmeralda en el centro, un zafiro y un rubí. El diseño estaba hecho de manera que encajaba perfectamente alrededor del solitario de su anillo de compromiso.

–Estas sí que son de mi colección –le dijo, poniéndole el anillo.

–Es precioso. Me encanta. Pero, John, no esperaba que me trajeras nada más. Ya me has llenado el salón de flores.

–Y es por eso que te mereces más. Porque no lo esperabas. Cualquier otra esposa sí lo hubiera esperado.

–Corres peligro de mimarme.

–Cierto. ¿Pero qué otra cosa puedo hacer con mi dinero?

–Sí, bueno, eso ya lo veo. Pero el dinero no da la felicidad. La felicidad es lo que tenemos aquí, en esta cuna. Es algo que viene de la familia, del amor. Y es por eso que mi regalo de aniversario no cabe en una caja.

–¿Pero qué te traes entre manos?

–Esta noche no vamos al Crowne Plaza solo a cenar. También he reservado una habitación.

–Pero...

–Sin «peros». Mi madre se va a quedar con las niñas. Y nosotros nos vamos a quedar en la suite nupcial.

–¿La suite nupcial?

Ella se encogió de hombros.

–El dinero no te da la felicidad, pero sí te proporciona placeres ilimitados. Por si no lo recuerdas, llevamos más de una semana sin tener sexo.

–Mmm. Sí. Me he dado cuenta. Me dijiste que estabas muy cansada todas las noches.

–Mentí. Solo quería asegurarme de que no podrías resistirte a mí esta noche.

Él sacudió la cabeza.

–Eres una mujer malvada.

–Y tú eres un amante magnífico.

–Los halagos no te llevarán a ninguna parte –le dijo él.

–Eso pensaba yo... Bueno, solo para asegurarme, no me he puesto ropa interior.

Él se le quedó mirando y entonces esbozó una sonrisa maliciosa.

–Sabes que te haré cenar primero, ¿verdad?

–¿Apostamos algo? –ella sonrió.

–Por supuesto –él le devolvió la sonrisa.

Y ganó.

Nueve meses después tuvieron un varón. Se llamaría Harry, como el abuelo de John.

Una noche, una cama… ¡y un bebé!

EL REGALO DEL MILLONARIO

Sharon Kendrick

Cuando la choferesa Keira Ryan condujo accidentalmente el coche contra una pared de nieve, ella y su increíblemente atractivo pasajero se vieron obligados a encontrar un hotel… y descubrieron que tenían que compartir cama. Por suerte, el multimillonario Matteo Valenti se tomó como algo personal mostrarle a Keira cómo sacar el mejor partido a una mala situación. Y fue la experiencia más excitante de su vida.

Se acercaba de nuevo la Navidad cuando Matteo descubrió el secreto de Keira. Aunque se hubiera pasado la vida resistiéndose al compromiso, había llegado el momento de reclamar a su hijo y heredero.

Acepte 2 de nuestras mejores novelas de amor GRATIS

¡Y reciba un regalo sorpresa!

Oferta especial de tiempo limitado

Rellene el cupón y envíelo a

Harlequin Reader Service®
3010 Walden Ave.
P.O. Box 1867
Buffalo, N.Y. 14240-1867

¡Si! Por favor, envíenme 2 novelas de amor de Harlequin (1 Bianca® y 1 Deseo®) gratis, más el regalo sorpresa. Luego remítanme 4 novelas nuevas todos los meses, las cuales recibiré mucho antes de que aparezcan en librerías, y factúrenme al bajo precio de $3,24 cada una, más $0,25 por envío e impuesto de ventas, si corresponde*. Este es el precio total, y es un ahorro de casi el 20% sobre el precio de portada. !Una oferta excelente! Entiendo que el hecho de aceptar estos libros y el regalo no me obliga en forma alguna a la compra de libros adicionales. Y también que puedo devolver cualquier envío y cancelar en cualquier momento. Aún si decido no comprar ningún otro libro de Harlequin, los 2 libros gratis y el regalo sorpresa son míos para siempre.

416 LBN DU7N

Nombre y apellido	(Por favor, letra de molde)	
Dirección	Apartamento No.	
Ciudad	Estado	Zona postal

Esta oferta se limita a un pedido por hogar y no está disponible para los subscriptores actuales de Deseo® y Bianca®.
*Los términos y precios quedan sujetos a cambios sin aviso previo.
Impuestos de ventas aplican en N.Y.

SPN-03   ©2003 Harlequin Enterprises Limited

DESEO

Iban a trabajar muy juntos...

Engañando a don Perfecto

KAT CANTRELL

La reportera de investigación Laurel Dixon estaba decidida a destapar el fraude que sospechaba estaba produciéndose en la fundación benéfica LeBlanc Charities, aunque para ello tuviera que engañar al hombre que estaba al timón.

Trabajar en la fundación de modo encubierto le permitiría ser la mujer atrevida que siempre había querido ser. Sin embargo, Xavier LeBlanc no resultó ser como ella esperaba, y cuando acabara conociéndolo íntimamente, ¿preferiría hacer el reportaje de su vida o una vida con don Perfecto?

Bianca

Una noche con él la marcó
como si fuera de su propiedad...
ahora había vuelto a reclamarla para siempre

CONFESIONES
DE AMOR

Sara Craven

Zandor despertó en Alanna una sensualidad desconocida
Abrumada por su respuesta, ella salió huyendo y no esperaba
volver a verlo nunca más. Pero, cuando él reapareció en su vida
por sorpresa, el carisma de Zandor le recordó la pasión que
compartieron. Y esa vez no pudo huir de la crepitante intensidad
de su atracción...